진실은 최후의 승리자

진실은 최후의 승리자

펴 낸 날 2014년 8월 11일

지 은 이 이영
펴 낸 이 최지숙
편집주간 이기성
편집팀장 이윤숙
기획편집 김송진, 윤은지, 주민경
표지디자인 신성일
책임마케팅 임경수
펴 낸 곳 도서출판 생각나눔
출판등록 제 2008-000008호
주   소 경기도 고양시 덕양구 화중로 130번길 24, 한마음프라자 402호
전   화 031-964-2700
팩   스 031-964-2774
홈페이지 www.생각나눔.kr
이 메 일 webmaster@think-book.com

• 책값은 표지 뒷면에 표기되어 있습니다.
   ISBN 978-89-6489-304-3 03810
• 이 도서의 국립중앙도서관 출판 시 도서목록(CIP)은 서지정보유통지원시스템 홈페이지
   (http://seoji.nl.go.kr)와 국가자료공동목록시스템(http://www.nl.go.kr/kolisnet)에서
   이용하실 수 있습니다(CIP제어번호: CIP2014022445).

세상 가운데 승리하기를 원하시는 하나님

이영 목사 지음

진실은
최후의
승리자

생각나눔

  사람마다 그 사람의 기본적인 의식이 있다. 글이든 말이든 행동이든 그 의식의 범주를 벗어날 수 없다. 필자 역시 내면의 내공만큼의 글을 지면에 옮겨놓았다. 때로는 글이 "싱거워서 맛이 없다."라고 하는 분도 있겠고, 때로는 "그저 그렇다."라고 하는 분도 있을 것이고, 적은 숫자라도 같은 공감을 형성하는 분도 있으리라 생각한다. 필자와 같은 공감을 형성하는 사람들을 위하여 글을 쓸 것이고, 그렇지 못한 분들을 만족게 하는 글이 무엇인가를 연구하고 노력할 것이다.

  시는 압축된 생각의 표현이다. 그러므로 압축된 글 속에 잠재되어 있는 무한한 상상력과 공감을 빠르게 펼칠 수 있어 좋다.
  시를 한 편씩 섞어놓은 것은 글을 볼 때 지루하지 않도록 한 양념과 같은 것이다. 원래 맛없는 음식은 양념 맛에 먹는다는 말이 있듯이….

  처녀작임에도 불구하고 강력한 용기를 주신 생각나눔 출판사 이기성 편집장님과 여러 번의 교정으로 수고하신 김송진 님과 그 외 수고하신 모든 분께 감사한다. 그리고 끝까지 믿음 잃지 않고 곁에 있는 아내와 필자에게 많은 이야깃거리를 제공했던 사람들에게 감사한다.
  먹구름 사이로 빼꼼히 내민 햇빛은 모든 사람들에게 만족함을 주지 못하지만, 시간이 지남에 따라 강렬한 햇빛으로 희망과 계획을 주는 것처럼 시간이 지남에 따라 좀 더 완숙함으로 역할 감당을 하였으면 좋겠다.

이 영

차 례

믿음

소망

사랑

간병수기

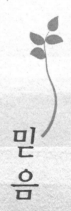

민
음

믿음의 주인

　우리가 믿음을 생각할 때 바라는 것을 믿음으로 생각하는 경향 있다. 희망을 믿음으로 생각하기도 한다. 그러나 그것은 믿음이 아니다. 좋은 모양으로, 멋있는 모양으로, 뛰어난 모습으로 계획하고 생각하여도 그것이 믿음은 아니다. 그러므로 어떤 것이 좋다고, 또는 바란다는 것이 믿음은 아니라는 것이다. 믿음은 하나님의 말씀이 이루어질 것을 믿는 것이다. 그것은 하나님께서 인간들에게 하신 약속이다. 약속은 내가 원한다고 해서 이루어지고 원하지 않는다고 해서 안 이루어지는 것이 아니다. 약속은 내가 원하든지 원치 않든지 이루어지는 것이다. 그러므로 우리가 믿는 믿음은 희망이 아니라 약속이어야 한다. 희망은 내가 그렇게 되기를 바라는 것이기 때문에 약속하고는 다른 것이다. 희망 사항이라는 말이 있듯이, 이루어질 수도 있고, 안 이루어질 수도 있다. 달음박질하는 선수가 우승했으면 좋겠다는 생각을 하는 것은 믿음이 아니라 그것이 바람이고 희망인 것처럼, 우승할 수도 있고 안 할 수도 있다.

　"믿음의 주요 또 온전케 하시는 이인 예수를 바라보자 저는 그 앞에 있는 즐거움을 위하여 십자가를 참으사 부끄러움을 개의치 아니하시더니 하나님 보좌 우편에 앉으셨느니라히12:2."라고 기록하고 있다.

믿음의 주는 믿음을 주는 존재를 말하는 것으로 '믿음의 창시자'라는 뜻이다. 그러므로 내가 소유하고 있는 믿음은 내 것이 아니고 주인이 따로 있다는 것이다. 그 주인이 바로 예수님이시다. 모든 믿음은 예수님에게서 나오는 것이다. 예수님이야말로 우리의 영원한 생명의 근원이 되시고, 영원한 소망이 되시고, 영원한 기쁨과 평안과 만족이 되시기 때문에 믿음의 주요, 또 온전케 하시는 이인 예수를 바라보라는 것이다.

예수님이 이 땅에 오신 것은 내가 원하기 때문에 오신 것이 아니다. 하나님이 원하셨기 때문에 인간의 몸을 입고 이 땅에 오신 것이다. 그리고 인간의 죄를 도말시켜주시기 위해서 십자가 위에서 대속의 죽음을 죽으시므로 인간의 죗값을 지불했다. 그 사실을 믿는 자들마다 모든 죄에서 벗어난 의로운 자로 인정해 주셨다요1:12.

예수님은 내가 모른 척했어도 나를 찾아오신다. 내가 예수님을 부인했어도 예수님은 나를 포기하지 않으신다. 예수님을 인정하지 않아도 예수님은 나를 인정하신다. 어떤 조건에 의해 움직이는 분이 아니기 때문에 위로받을 수 있고 도움받을 수 있다.

예수님이 나를 온전케 하실 수 있는 이유는 나를 위해 십자가 위에서 돌아가셨기 때문이다. 또한, 주님의 그 큰 은혜를 내가 부인하고, 모른 척하고, 인정하지 않는 것보다도 더 큰 은혜의 그물은 나의 연약한 모든 것을 다 감싸고 덮을 수 있다. 주님의 사랑의 그물에 덮히게 되면 주님이 나를 사랑하시는 깊이와 넓이와 높이에 놀라 나를 불러주시고 인도해주신 은혜에 감사가 끊이지 않는 자신을 발견하게 된다. 얼마나 감사한가. 내가 그렇게 주님의 은혜 안에 머물 수 있는 존재라는 것이 얼마나 감사한가.

"사람이 마음으로 자기의 길을 계획할지라도 그 걸음을 인도하는 자는 여호와시니라잠16:9."라고 기록하고 있다. 믿음의 사람들이 무슨 일을 할 때 주님이 가장 좋은 모습으로 나아갈 수 있도록 인도하신다. 그것을 깨달을 수 있는 믿음을 주시고 알게 하시고 담대함을 달라고 기도하여야 한다.

나의 연약한 것을 주님 앞에 맡기는 자세를 가질 때 인격적으로 이끌어 가신다. 하나님의 인도하심은 내가 노력한다고 되는 것이 아니라 저절로 되는 역사가 일어난다.

즉, 어떤 일을 하는데, 어려운 일을 만났다. 그때 예상하지 못한 돕는 일이 나타난다. 그리고 그 일을 자연스럽게 하고 아름다운 결과가 만들어진다.

믿음이 형성되면 담대해진다. 믿음은 기적을 체험케 한다. 믿음을 가지면 미래가 밝아지기 시작한다. 믿음을 가지면 상상할 수 없는 기쁨이 넘친다. 믿음으로 세상을, 자녀를, 미래를, 교회를 보아야 한다. 분명 새로운 모습으로 보인다. 그것이 하나님께서 믿는 자들에게 보여주시고 이루시고자 하시는 은혜며 약속이다. 이 은혜의 저편에는 말씀의 약속의 강이 흐르고 있다. 그 강물에 목욕하는 기쁨을 누리자.

너는 그곳에 있었구나

예배당에 들어서면
빨간 불빛에
십자가가 보인다

그 밑은 고해소다
많은 인생들이 왔었고
앞서 빈 고백들이 있다

타고 또 타서
탈것 없는 새까만
숯덩이 가슴이

주고 또 주어
줄 것 없는 텅 빈
껍데기뿐인 마음이

울고 또 울어
더 울 수 없는
메마른 오열이

참고 또 참아
그리움에 가슴이
터져버릴 것 같음이

깊은 내면의 고백을
조심스럽게 토설해 버린
평생 잊지 못할 밤이

모든 것에
자유하기 위해
너는 그곳에 있었구나

신부의 삶

　땅은 우리의 심령 밭이다. 이 심령 밭에 씨앗이 떨어졌다면 그 씨앗이 썩도록 하여야 한다. 씨앗은 정상적인 씨앗인데 땅이 안 좋으면 씨앗만 버리게 된다. 그런 땅을 박토라고 한다. 성경에서 우리에게 무슨 밭이 되어야 한다고 하는가? 옥토가 되어야 한다고 한다. 씨앗은 곧 하나님의 말씀이라는 것은 하나님을 믿는 자들이 다 안다. 그러므로 말씀이 잘못되는 법은 없다. 언제나 문제는 우리의 마음 밭이다. 자연의 생존법칙은 씨앗이 땅에 떨어지면 씨앗이 썩어 싹이 되고 많은 꽃을 피우기도 하고 열매를 맺기도 한다. 그런 모습을 보면서 사람들이 기뻐한다. 그런 모습이 바로 하나님께서 우리에게 요구하시는 것이다. 우리의 심령에 하나님의 말씀의 씨앗이 뿌려지면 그 씨앗이 우리의 심령 속에서 잘 썩어야 한다. 그리고 싹이 나고 자라서 말씀의 열매를 맺도록 해야 한다.

　그와 같은 진리를 깨닫도록 하기 위하여 하나님은 인간들에게 세상이라는 피조 세계를 허락하시고 그 생존 법칙을 통하여 하나님 앞에 영광 돌리며 살도록 하신 것이다. 이와 같은 섭리를 깨닫도록 하시는 분이 바로 성령이시다. 즉, 하나님이시다.

그러나 우리가 살고 있는 땅도 씨앗이 뿌려져도 그대로 있는 땅들이 있다. 씨앗이 썩지 않고 그대로 있는 땅을 박토라고 한다. 이런 땅은 쟁기를 깊숙이 넣고 갈아엎어야 한다.

우리의 심령도 마찬가지다. 하나님의 말씀의 씨앗을 받아도 마음상태가 전혀 요동하지 않는 경우도 있다. 그런 심령을 하나님께서 고난이라는 쟁기를 가지고 심령 깊숙이 집어넣고 갈아엎으신다. 고난의 쟁기 맛을 보면 심령 상태가 야들야들해진다. 특히, 육신 속에 쟁기가 지나가고 나면 이 세상의 명예나 물질이나 어떤 권세 같은 것들이 한낱 보잘것없는 낙엽과 같다는 것을 깨닫게 된다. 비로소 세상을 초월하는 사람이 되는 것이다.

다른 예를 들면, 신랑은 음식을 싱겁게 먹는데 시집온 여자가 평소에 짜게 먹었다고 하면서 신랑 입맛은 전혀 생각하지 않고 자기 입맛대로 먹는다면 어떻게 되겠는가? 매일 그 가정은 조용할 날이 없을 것이다. 신부로서의 대접을 못 받는다. 매일 고달픈 인생을 살아가야 한다. 남편의 입맛에 맞는 음식을 만들기 위해 자신이 평소에 가지고 있던 입맛이나 습관을 고쳐야 한다. 오늘날 예수 믿는다고 하면서 고달픈 것은 바로 이런 원리이다. 시집온 여인은 남편을 위하여 시집 식구들을 위하여 최선을 다하는 삶을 살아야 한다. 요즘은 세상이 변해서 시집오는 여인에게 남편 잘 섬기고 시집 식구들 잘 섬겨야 한다고 하면 그런 생활 못 한다고 할 것이다. 이것은 비성경적인 삶의 모습이다. 만약 그런 삶을 산다면 둘의 삶은 좋을지 모르지만, 결혼으로 인하여 형성되는 열매는 아름답지 못하다.

자식을 낳았어도 할아버지, 할머니를 몰라볼 것이고, 자신의 존재의 뿌리에 대해서 모르기 때문에 삶의 기준점을 잃어버린 삶을 살게 된다. 그런 자녀가 사회에서 성공하고 지도자가 된다면 그 사회의 모양은 어떤 모양이 되겠는가? 그의 머릿속에는 희생이라는 단어가 없기 때문에 강퍅한 삶을 살아간다. 희생을 통한 종족 번성의 아름다운 법칙을 상실하게 된다. 거기에서는 어떤 아름다운 열매도 맺을 수 없다.

우리는 모두 예수님께 시집온 사람들이다. 전에 내가 살던 삶과는 전혀 다른 삶을 시작하는 것이다, 여기서 요구되는 것은 땅의 모습이다. 옥토의 모습이다, 씨앗을 받아들인 땅은 땅의 성장 에너지를 통하여 씨앗이 발아하여 싹이 나도록 하는 역할을 하여야 한다. 가정이 바로 그런 역할을 하는 곳이다. 그러므로 시집온 여인은 그전 생활을 잊어야 한다. 그전 생활로 돌아가고자 하는 마음을 가져서도 안 된다. 거기서는 아무런 열매도 맺을 수 없다. 오직 다툼과 신경과민만 존재할 뿐이다.

처녀성은 이 땅의 흔적이다. 다른 말로 하면 이 세상에서 행하던 습관들이다. 그런데 처녀가 시집와서 "이것은 굉장히 소중한 거라서 버릴 수가 없습니다."라고 하면 신랑이 기뻐할까, 싫어할까? 싫어하는 것은 당연하다. 그 처녀는 시집온 사람이 아니다. 결혼을 했으면 처녀성은 신랑에게 아낌없이 다 줘야 한다. 신랑은 처녀를 너무나도 사랑했기에, 그것(세상적인 것들)이 있으면 데려올 수 없기 때문에, 십자가 위에서 그 값을 치르고 정결하게 하여 신부로 데려왔는데, 신부가 그것을 그대로 간직하고 있다면 신랑의 십자가 죽음은 헛된 것이다.

그러므로 처녀가 시집가면 남편의 아내가 되고, 자녀의 엄마가 되고, 시부모의 며느리가 되는 것이 천국의 삶이다. 이것이 안되면 고달픈 삶을 산다. 지옥과 같은 삶을 산다. 천국의 삶은 과거의 자신의 삶이 완전히 없어진 삶이 아니고 연결된 삶이지만, 과거의 삶은 아니다. 그러므로 세상 습관, 처녀성은 신랑을 만나는 날 깨져야 한다. 즉, 신랑 되신 예수 그리스도를 따른다면 그 순간부터 세상 낙을 버리려고 노력하여야 한다. 이것이 거듭난 자의 모습이다. 친정집의 습관을 버리고 신랑 집의 습관을 따라 사는 것, 이것이 거듭난 자의 삶의 모습이다. 다른 말로 하면 예수님의 생각과 사상으로 사는 것이다. 이런 자가 씨앗을 심으면 백발백중 열매를 맺는다. 30배, 60배, 100배.

임과 함께

봄은
그 현란함을
이유 없이 내게도
분배하고

주고 또
주고파 하는
애틋한
여유로움으로

코끝엔
봄의 향취를
두 눈엔
그 화려함을 본다

비에 젖은
꽃망울은
수줍은 내 마음을
대변하고

모든 것을
미화하는 세월 속에
지조 있는 모습은
고결이어라

손가락 끝에
묻어날
무지갯빛 영롱한
행복을 꿈꾸며

저 높은 곳을 향하여
나란한 걸음 갈 때
나는
행복에 겨웁고

화려함보다는
알고 보고 느낀
그대로의
사랑을 심고프다

삶을 힘들게 하는 탐심

　대인관계에서 금이 가는 이유는 다양하지만, 가장 확실한 것은 탐심이다. 티브이의 시사 드라마인 『사랑과 전쟁』의 주된 주제가 바로 탐심인 것을 본다. 그중의 한 내용을 간추려 보면 어떤 부부가 헤어지겠다고 해서 법원을 찾았다. 아내가 결혼선물로 준 시계가 롤렉스 시계가 아니라고 첫날밤에 남편이 그 일로 친구들 보기 민망하다고 투덜거렸고, 첫날부터 부부 사이에 금이 가기 시작하여 끝내 1년 만에 이혼 법정에 서게 되었다. 판사가 기가 막혀서 신부를 보고 이렇게 말한다. "롤렉스 시계에 생명을 걸고, 행복을 거는 더 이상의 결혼생활이 무의미하다." 하며 이혼 이유를 말한다. 오늘날 우리 주변에 팽배해 있는 한 단면이다.

　사람이 살면서 문제가 없을 수 없다. 그러나 중요한 것은 문제를 해결하는 방법을 제대로 알고 문제를 해결하는 능력을 갖추는 것이다. 그런데 많은 사람들이 문제를 해결하는 방법을 보면'상대방이 잘못했기 때문에 이런 일이 생겼다. 그렇기 때문에 문제 해결이 어려워진다.'는 것이다. 자신은 움직이지 않고 남만 움직이려고 한다. 사실상 그런 자세 때문에 문제가 더욱 커지는 것을 본다. 있는 자들은 없는 자들에게 "조용히 좀 해달라!"라고 하고, 없는 자들은 있는 자들에게 "마음을 좀 고쳐라!"라고 한다. 그런 식으로 자신은 가만히 둔 채 남만 움직이려고 하는 것은 자신에게는 책임이 없다고 생각하기 때문이다.

그래서 집단 이기주의, 부처 이기주의, 지역 이기주의란 말이 나온다. 지금 우리나라 정부에서 규제를 개혁하겠다는 것은, 각기 보유하고 있는 이기주의를 타파해야 한다는 뜻으로 이해한다. 잘하는 일이다. 문제 해결을 위해 상대방의 변화만을 바라고 있기 때문에, 일종의 몸 사리기의 방법이므로 무슨 문제가 생기면 "네가 그랬다."라고 떠넘기기 위한 안일주의의 모습이기 때문에 문제가 해결되는 것이 아니고 더욱 요원^燦^原하게 만든다.

사람들이 싸우는 가장 근본 원인은 대개 탐심 때문이다. 이 탐심의 문제만 정리하면 정말 평안하고 행복한 삶을 살 수 있다. 탐심의 중심에 있는 것은 물질과 명예와 권력이다. 이 세 가지는 세상을 살아가는 데 막강한 능력을 발휘하는 핵심축이다. 모든 문제의 발단이 이 세 가지 축 속에 포함되어 있다고 할 수 있다. 요즘에는 이와 같은 것들이 대중화되어서 너도나도 할 것 없이 모두 돈 벌기 위해, 명예를 얻기 위해, 권력을 갖기 위해 혈안이 되어 있다. 뜨고 있는 스포츠 스타들이나 연예계의 스타들이나 정계의 스타들이나 종교계의 스타들을 우상화하고, 가치 판단의 기준으로 삼고, 거기서 물질과 명예와 권력을 잡으려고 온갖 노력을 경주한다. 그러나 망각하고 있는 안타까움이 있는데 자

신이 우상화하고 따르고자 하는 스타들은 결코 자신과 같지 않다는 것
과 그들을 따라가는 길은 멀고도 험한 길이라는 것을 모르는 듯하다.
스타라는 말과 같이 별은 하늘에 있다. 아주 멀리서 빛나고 있다. 그들
이 한순간이라도 탐심으로 얼룩진 삶이 나타나는 순간 순식간에 땅으
로 떨어져 형체도 없이 사라진다. 몸과 마음이 무거우면 못 올라간다.
몸과 마음을 가볍게 하는 방법은 탐심을 없애는 것이다.

　우리나라 변호사 중에서 16전 17기로 변호사가 된 오세범이라는 사람
이 있다. 그는 1997년 당시 42살에 사법 시험을 준비하기 시작하여 58
살에 고시에 합격하였다. 장장 16년 만이다. 1차에만 8번 떨어졌고, 2
차 도전에서도 9번 만에 합격하였다. 칠전팔기가 아니라 16전 17기의
새 역사를 썼다. 그는 결국 스타가 되었다. 16년 만에 그가 그렇게 할
수 있었던 원동력은 탐심을 버렸기 때문이다. 그리고 그 길을 갈 수 있
는 삶의 발판이 있었기 때문이다. 그러므로 진정으로 부유한 자는 변
덕스럽고 시시각각 변하는 여론과 유행에 대한 부정적인 견해를 가지
지 말아야 한다. 그것은 모든 것을 수용할 수 있는 여유로움이 있기 때
문이다. 어느 그룹회장 법정 노역 일당이 5억 원이라는 말에 모두가 기
가 막혔다. 국민의 여론에 밀려 노역으로 벌금을 변제하는 것을 금지하
고 돈으로 벌금을 받겠다고 한다. 이렇듯 마음을 불편하게 하는 것들
은 모두 탐심 때문이다.

나만의 시간에

조용히 하늘을
우러러 눈을 감았다

나뭇잎 사이로
찬란한 햇살이 스치고
소슬바람 부드럽게
살갗에 머문다

잡다한 풀벌레 소리들이
귓가에 맴돌고
잠시 동안 여러 생각들이
뒤엉켜 혼란케 한다

그러나, 곧
모든 것은 침묵 속에 녹아들고
마음은 평안함으로
육신은 안락함에 누웠다

햇살이 그대의 손길이고
소슬바람이 그대의 숨결인가

과정이 생략되면 죽음이다

　모든 것에는 과정이라는 것이 있다. 그것은 어떤 목적을 이루기 위한 하나의 과정이며, 때로는 필수적인 것이기도 하다. 왜 과정이 필요한가? 생존을 위한 것이다. 이 험한 세상에서 살아남기 위해서는 반드시 적응할 수 있는, 능가할 수 있는 실력을 갖추기 위한 과정이 반드시 필요하다. 회사에 입사해도 숙련자가 되기 위한 실습과정을 거친다. 어린 아이들이 밥을 먹기 시작하는 것도 과정이 필요하다. 미물들이 세상에 나올 때에도 살아가기 위한 과정이 필요하다. 튼튼한 집을 짓기 위해서도 과정이 필요하다. 이 땅에 존재하는 것 중에 과정이 필요하지 않은 것이 무엇인가? 그러므로 그 충족되는 것들이 정상적인 과정을 통하여 이루어져야지, 그렇지 않으면 많은 부작용을 일으킨다. 다시 말해서, 과정을 거치지 않고 성립되는 것은 마치 나방이 고난을 겪지 않고 성장하는 것과 같다. 우리는 나방이 꼬치에서 나올 때 힘들어하는 모습을 보면서 안타까워서 꼬치를 찢어준 경험들이 있다. 그러면 나방은 쉽게 꼬치에서 나온다. 그러나 그 나방은 제대로 날아다니지 못한다. 오래지 않아 죽고 만다. 마찬가지다. 사람이 성인으로 성장하는 데에는 나름대로 아파하는 고난의 과정이 있어야 한다. 만약 이 고난의 과정을 거치지 아니하고 성장하게 되었을 때 제대로 사람 구실을 못한다.

한때 학생들이 두발 자유권을 달라며 촛불시위를 했다. 자기들에게도 자기들만의 인권을 허락해 달라는 것이다. 결국은 학생들의 요구는 관철되지 않았지만, 우리나라가 완전한 민주화로 나아가는 하나의 과정을 지나간 것이라 할 수 있다. 아마 두발 자유화가 이루어지지 않은 것은 학생으로서 거쳐야 하는 과정이 많기 때문이었을 것이다. 학생 때에는 하고 싶은 것 절제하는 훈련도 하고, 억울한 것 참는 훈련도 하고, 여러 가지 좋아도 하고, 하고 싶은 것 못 하는 아픔도 겪어봐야 한다. 그것은 싫든 좋든 과정이다. 그 과정을 거쳐야 사람다운 사람이 되는 기초를 닦는 것이다. 그와 같은 과정은 어제오늘 일이 아니다. 오래전부터 그와 같은 과정은 모든 사람에게 적용되어 왔다. 그리고 훗날 자신이 겪은 일들은 사회의 일원으로서의 자격에 필요한 과정이었다는 것을 이야기한다. 사회에 또는 개인에게 별다른 부작용과 인격 손실에 별 이상이 없다면 그것은 진리다. 다시 말해서, 반드시 거쳐야 하는 과정이라는 것이다. 그러므로 과정을 건너뛴 결과는 죽음이다. 만약 어린아이가 과정을 건너뛰어 어른이 되었다고 하자. 그 삶은 나방과 같은 삶을 초래하고 말 것이다.

아내는 암 수술을 하고 난 뒤 정기적으로 병원을 찾는다. 관리를 잘해서 20여 년이 되었어도 건강하게 잘살고 있다. 어느 날 로비에서 싸우는 듯한 소리가 들린다.

가보니 어떤 남자아이가 엄마인 듯한 여자에게 함부로 말을 하며 마치 폭행이라도 할 것 같은 행동을 하고 있다. 그 모습을 먼저 본 간호사가 경비를 불러 제재하는 동안 여인은 어디론가 가버렸고, 아이도 엄마가 없어서 그런지 곧 수그러들어 어디론가 가 버렸다.

보는 사람마다 모두 혀를 찬다. 우리나라 가정교육의 현주소다. 이 땅에 존재하는 모든 피조물은 올바른 성장 과정이 필요하다. 특히, 어린 나무가 성장할 때 지지대를 만들어 주어야 똑바르게 성장하는 것같이 성장기 아이들에게는 지지대와 같은 부모의 간섭이 있어야 한다. 그래야 온전한 성품과 인격을 형성할 수 있다.

이렇듯 미래의 모든 일은 지금의 존재하는 자들과 앞으로 태어나는 존재들과의 협력을 통하여 이루어 나가는 것이다. 그 흐름을 끊거나 다른 곳으로 돌려놓을 수는 없다. 목적을 향하여 떠나는 철새같이 앞선 자의 꼬리를 물고 따라가듯이 사회도, 가정도 앞선 자의 뒤를 따라가는 것이다. 그러므로 앞선 자의 결정은 반드시, 가능하다면 진리이어야 한다. 진리가 아닌, 비진리를 적용하게 되었을 때에 그것을 진리로 되돌려 놓는 데에는 상당한 세월이 필요하다.

그 대표적인 예가 우리나라의 출생률이 세계 최하위에 있다. 우리나라 사람들은 형제애가 좋아서 각 가정마다 어린애들이 넘쳐났다. 그런데 30여 년 전 정책적으로 산아제한을 대대적으로 단행했다. 그때 지도자들은 우리나라가 지금처럼 잘사는 나라가 되리라는 것을 생각지 못한 결과다. 당시는 남자나 여자들이 불임수술을 하면 여러 가지 혜택을 주었다. 이것은 잘못된 정책이었다. 필자를 비롯하여 수많은 사나이들이 정관수술을 했다. 그 결과 지금, 일할 사람이 없어 외국에서 사람을 수입하고 있다. 외국에서 우리나라로 돈 버는 직업을 찾아오는 사람들이 2011년도에 100만 명을 넘었다. 계속 이런 식으로 나아가면 결국 대한민국의 기술 노동은 외국인의 손에 좌우되어야 할 판이다. 이제 그 사실을 깨닫고 많이 낳기 운동을 하며 여러 가지 혜택을 주고 있는데 그 영향력이 30년 후에 나타날 것이다. 잘못된 것은 언젠가는 되돌려 놓아야 한다.

지금의 청소년들이 갈수록 흉악해지는 것은 그들의 교육을 책임진 부모님들의 흉측한 작품들이다. 그들은 성장해가는 과정을 건너뛰었기 때문이다. 고난의 바다를 헤치고 나가면 아름다운 대지가 나타난다. 진정한 용기를 가지고 있는 사람은 지금 나의 행동이 훗날 어떤 모습의 열매로 맺힐 것이라는 것을 그려볼 줄 알아야 한다. 그런 생각의 발전은 사회에 필요한 것이 무엇인가를 꿰뚫어보는 안목이 열린 것이다.

그 늘

아들이 셋
엄마는 박스 줍고 움막에 살다가
암이 걸렸다

큰아들과 막내는
바빠서 못 온단다
둘째는 못 내 가슴이 아프다

수술은 잘됐다
시설에 입소하려는데
입소비를 마련 못했다

누군가의 희생으로

　세상에 이루어지는 일들은 그냥 우연히 이루어지는 일은 없다. 자동차가 굴러가는 것도, 사람이 걸어가는 것도, 또는 어떤 손해를 보거나 기쁜 일을 만나는 것도 어쩌다 보니까 그렇게 되는 일은 없다. 사람이 이 세상에 태어날 때 저절로 태어나지 않는 것처럼, 이 세상은 우연히 어쩌다 보니까 만들어진 것이 아니다. 우리들의 삶을 돌아보면 금방 알 수 있다. 우리 주변에서 일어나는 사건들을 보면서 그 사건들이 일어나기 위해서는 분명한 동기가 부여된 것을 알 수 있다. 그리고 그 사건이 완성되기까지는 분명한 과정이 있다. 인생이 살아가면서 그와 같은 과정을 알고 산다면 억울하거나 분하거나 원망스러운 일은 많이 줄어들 것이다.

　한 가정을 세우기 위하여 그 가정에 씨앗으로 쓰는 사람이 있다. 회사도 마찬가지다. 우리 주변에서 아름답게 세워진 가정을 보든지, 든든하게 세워져 있는 회사를 보든지, 아니면 경쟁력 있는 나라를 보면 반드시 희생의 제물이 된 사람들이 있다. 나는 회사나 나라의 깊은 곳은 알지 못하기 때문에 그곳에서 누가 희생을 하였는지는 모른다. 그러나 가정에서 일어나는 일들은 흔히들 가까이서 볼 수 있고 들을 수 있다.

 어느 가정에 형제가 많아 모두 다 공부를 할 처지가 안 됐다. 그때 부모가, 큰형이, 또는 큰 누나가, 아니면 동생이 희생하여 가정을 이끌어간다. 훗날 그 가정의 형제들이 사회에 훌륭한 사람들이 되었을 때, 희생한 가족 식구들을 잊지 않고 감사하는 모습을 본다. 참으로 아름다운 일이다. 그때 희생을 한 당사자는 자신이 살아가야 하는 길을 정하고 살아가기 때문에 어떤 힘든 역경이 온다 할지라도 낙심하거나 좌절하지 않고 끝까지 나아갈 수 있었다.

 그러나 반대로, 어떤 고난에 직면할 때 자신에게만 있는 것처럼 생각하고 탄식하며, 운명의 슬픈 현장을 걸어가는 사람이 있다. 그러나 세상의 모든 피조물들의 존재의 연속성은 반드시 희생을 담보로 한다는 것이다. 그러므로 고난을 극복하는 자세가 필요하다. 인간의 운명은 개척하는 자의 의지에 의해 달라진다.

 오늘 우리가 사는 현실이 모순되고 부조리한 것 같지만, 현실은 모든 것이 합력하여 선을 이루어가고 있으며, 역사 속에서 바라보면 그럴 수밖에 없었다는 것을 알게 된다. 우리는 어떤 경우에도 현실의 부적합한 면만 보지 말고 지금 나의 행동이 훗날 아름다운 모습을 만들어내기 위한 협력의 모습이라는 것을 인식하여야 한다.

 그래서 지금 나를 힘들게 하고 어렵게 한 사람이 훗날 만났을 때 지금의 모습을 기억하고 사죄한다면 여유롭게 이해하고 감쌀 수 있어야 한다. 왜? 그때는 몰랐지만, 지금에 와 보니까 그런 것까지도 협력하여 아름다운 모습을 만들기 위한 과정이었다는 것을 깨닫기 때문이다.

그렇다면 모든 사람과 모든 사물은 나를 위해 존재하는 것 아닌가? 내가 잘되기를 바라는 재료들이라는 것을 생각할 때 누구를 원망하거나 미워할 이유가 없지 않나 싶다. 이 세상의 모든 것은 심는 대로 거두게 되어 있다. 자신이 아는 것 중에 심지 않고 공짜로 얻어지는 것이 있는지 살펴보라. 아마 평생을 찾아도 단 하나도 찾지 못할 것이다. 그런데 사람들은 공짜로 무엇이 이루어지는 줄 착각 속에 살아가고 있다. 그렇다면 자신이 속한 곳에서 하나의 씨앗이 되기를 바라라. 그것은 자신이 복 받는 가장 확실한 방법이기 때문이다. 자신으로 인하여 어떤 결과가 나타났다면 그 뿌리는 자신이기 때문에 자신의 존재가 절대적으로 필요하게 된다. 그 얼마나 멋있는 일인가?

과거에 요셉이라는 사람이 살았다. 그는 열두 형제와 누이 하나가 있는 가정의 열한 번째 아들로 태어났다. 그는 꿈을 자주 꾸었고 그 꿈 이야기를 형들은 싫어했다. 그 꿈은 늘 요셉이 높은 위치에 있는 모습이었기 때문이다. 어느 날 형들에 의해 장사꾼에게 노예로 팔렸고, 그 장사꾼은 그를 애굽의 유력한 자에게 팔아버렸다. 그러나 그는 노예생활 속에서도 최선을 다하여 가는 곳마다 인정받아 결국은 애굽의 총리가 된다. 우여곡절 끝에 그의 형들이 애굽에 곡식 사러 왔다가 동생 요셉을 만나자 두려워한다. 그러나 요셉은 형들에게 "나를 판 것에 대해서 두려워 마소서. 하나님께서 생명을 살리시려고 나를 먼저 이곳에 보낸 것입니다창45:5."라고 한다. 이것은 이 세상에 살아가는 모든 사람들이 복 받기 위해서는 반드시 희생이 있어야 한다는 것을 깨닫게 한다.

내가 지금 가는 길이 장차 어떤 길이라는 것을 안다면, 힘이 불끈불끈 솟아나지 않겠는가? 모든 아름다운 열매에는 그 열매가 맺기까지 이름도 없이 빛도 없이 희생의 길을 걸어간 누군가가 있었다는 것을 기억하고 그 존경받는 자리에 서 있는다면 자손 대대로 가문의 영광이 될 것이다.

소 외

가는 세월
붙잡을 수 없어
묵묵히
바라보고 있노라면
그 세월과 더불어
살지 못하고
조금씩 뒤로
밀리는 것 같아
초조한 마음으로 따라갑니다

당신은 어느 쪽인가?

　세상에 존재하는 모든 것들은 양면성을 가지고 있다. 선한 모양으로 다가올 수도 있지만 악한 모양으로 다가올 수도 있다. 자연에 속한 바람과 물과 태양과 인간의 과학에 속한 것들은 우리의 삶에 편리함을 주기도 하지만 그것으로 인하여 생명의 위협을 받기도 한다.

　사람은 어떤가? 사람도 예외는 아니다. 선한 사마리아 사람 같은 사람이 있는가 하면 가룻 유다와 같은 사람도 있다. 이 모든 상황과 조건들을 떠나 살 수 없는 것이 인생이다. 그러므로 세상 살아가는 길에는 두 가지 길이 있다. 행복하고 즐거운 길과 불행하고 고달픈 길이다. 그리고 사람은 이 두길 중에 어느 길이든지 자기의 의지대로 갈 수 있다. 인생이 즐겁고 행복한 것이라고 생각하는 사람은 즐겁고 행복한 길로 가는 것이고, 인생이 힘들고 고달픈 길이라고 생각하는 사람은 힘들고 고달픈 길을 걸어가는 것이다. 그래서 성경은 "무릇 지킬 만한 것보다 더욱 네 마음을 지키라. 생명의 근원이 이에서 남이라_{잠4:23}."라고 하였고, 또 "지혜로운 자는 지식을 간직하거니와 미련한 자의 입은 멸망에 가까우니라잠10:14."고 하였다.

  세상의 모든 사람들은 나름대로 지혜와 지식을 간직하고 있다. 그래서 어떤 사건을 앞에 놓고 생각하거나 판단할 때 긍정적으로 생각하고 판단하는 사람이 있는가 하면, 부정적으로 생각하고 판단하는 사람이 있다. 그러면 사람은 자신이 생각하고 말한 대로 행동하기 때문에 자신의 말을 따라 그 말과 같은 환경을 만들어간다. 모든 사람 앞에는 축복과 저주가 놓여있다. 어느 것을 붙잡느냐는 것은 그 사람이 선택할 일이다. 그러므로 나에게 어떤 환경이나 상황이 되었다 할지라도 그것을 누구에게 원망하거나 돌릴 수 없다.

  하나님은 인간들이 이 세상에서 행복하게 살도록 진리를 말씀하셨다. "여호와를 경외하는 것이 지식의 근본이거늘 미련한 자는 지혜와 훈계를 멸시하느니라잠1:7." 하나님은 우리에게 유익하도록 하는 말씀을 무엇이라고 하시는가? "만일 형제나 자매가 헐벗고 일용할 양식이 없는데, 너희 중에 누구든지 그에게 이르되 평안히 가라, 덥게 하라, 배부르게 하라 하며 그 몸에 쓸 것을 주지 아니하면 무슨 유익이 있으리요약2:15~16."말로만 생색내지 말고 직접적으로 행동하라는 것이다.

  사람은 자신의 의지대로 살아왔기 때문에 진리를 대할 때마다 거부감이 느껴진다. 그러므로 내 의지를 다스려 말씀대로 따라 하는 훈련이 필요하다. 왜 훈련이 필요한가? 우리의 마음 안에는 두 마음이 자리 잡고 있기 때문이다. 한쪽 마음은 진리를 접할 때 '그렇게 살아야 되겠구나.' 하고 다짐을 하는데, 또 한쪽 마음에서는 지금의 자신의 형편과 처지를 생각하고 돌아봄으로 '안 되겠다. 다음에 하도록 하자.'하며 한 발

뒤로 물러선다. 이런 모습을 보면서 인간의 마음이 어느 쪽으로 기울고 있는가? 자기중심적 생각과 판단 쪽으로 기울고 진리는 알지만, 그쪽으로 가기가 쉽지 않은 것이다. 그러므로 사람이 어려움을 당하는 것은 자기 욕심에 끌려 미혹되었기 때문이다. 이렇게 말하면 사람들은 설마 사람의 본심이 자기중심적으로만 생각하고 판단하겠는가, 할 것이다. 그러나 그것은 현실 속에서 사실적이다.

『가끔 변호사도 울고 싶다(오세훈 지음)』라는 책을 보면, 저자가 변호사니까 그를 찾는 대부분의 사람들이 어떠한 법적인 상황이 되었을 때 두 가지 모습을 표현하고 있다. '이대로 신고를 해야 하나? 아니면 그대로 달아나야 하나?' 대부분 법대로(진리대로) 행하지 않고 자기중심적으로(달아남) 생각하고 행동으로 옮기기 때문에 나중에 법정 앞에 선다고 한다. 그래서 변호사가 필요한가 보다. 모든 사람이 법대로 산다면 변호사가 필요 없을 것이다. 하나님은 우리에게 세상에서 어떻게 살아야 한다는 것을 가르치고 있다. 너희는 세상의 빛과 소금이라고….

유혹에 넘어짐

적막 속의 휘도는
우수雨水는
홀로 외롭구나

찢어질 듯한 아우성은
허공을 뚫고
그리움을 향한다

그러나
바람과 구름 탄 너는
길을 잃었구나

계곡의 바위틈에
휘늘어진 나뭇잎에
화려한 꽃잎에…

존경받는 훈련

인간이 하나님 앞에 죄를 지었을 때 하나님께서 인간을 향하여 하신 첫 번째 말씀이 "네가 어디 있느냐?"였다. 그때 인류의 조상 아담과 하와(하와는 말 안 했지만)가 대답하기를 "내가 벗었으므로 두려워 숨었나이다."라고 했다. 벗은 것이 두렵다는 것은 무엇을 안다는 말이다. 무엇을 아는 것인가? 자기 자신의 연약함을 안다는 것이다. 하나님 앞에 혼날 것을 안다는 것이다. 그리고 창피함을 안다는 것이다. 이것은 자기 자신의 이성으로 사물을 판단할 능력이 생겼다는 것이다. 그런데 왜 숨는 것일까? 스스로 판단하여 벗은 것을 가리고 덮고 꾸며야 하는데, 그러지 하지 못하니까 숨어버렸다. 이것이 인간의 모습이다. 이것이 세상을 살아가는 인간의 비겁한 모습이다. 떳떳하지 못한 죄성의 모습이다. 사람이 벗었을지라도 창피함을 느끼지 못하는 것은 사랑하는 사이일 때이다. 신뢰감이 있을 때다.

필자가 어렸을 때는 다방이 유행했었다. 그때 다방에 들어가면 으레

구석진 곳을 택하여 앉곤 했다. 왜 그랬을까? 왠지 그런 곳에 앉아 있는 것이 좋았다. 그런 곳에 앉아 있는 것이 뭐나 되는 줄 생각했다. 지금 생각하면, 옆에 아무도 없는데도 창피함으로 온몸에 전율을 느낀다. 지금은 다방이라는 이름이 거의 사라졌지만, 어쩌다 커피숍에 들어가 보면 구석진 곳이라 할지라도 환하다. 현시대는 개별성이 그만큼 강하다는 증거다.

영혼의 성숙함에 도달되기 위해서는 많은 시행착오와 노력이 필요하다. 때로는 사람들이 "세상을 뭐 그리 힘들고 어렵게 살아가느냐?"라고 한다. 그런 말을 하는 사람은 영혼의 자유함을 맛본 사람일 것이다. 세상은 육신만을 위하여 존재하는 것이 아니고, 영혼을 위해서도 존재하기 때문이다.

교회 안에서의 성숙하지 못한 어린 영혼들을 보면 공통적으로 나타나는 현상이 있다.

성공하고 싶은 것은 대부분 사람들의 공통적인 로망과 같은 것일 것이다. 성공하기 위해서는 어려서부터 약한 것, 부족한 것을 잊고 더 좋은 것, 많은 것을 향해 달려가기를 원하는 인생들을 보면서, '저런 모습은 보고 배워서는 안 되는데.'라는 마음을 가진다. 힘들고 어려울 때 함께 하고자 하는 모습을 갖고, 그런 양심을 간직할 줄 알아야 사람다운 삶을 사는 것인데, 좋은 곳, 많은 곳, 환호와 박수가 있는 곳을 따라가기를 원하는 모습들을 보면서 본능적인 삶의 모습을 본다. 성장하면서 누가 사람답게 사는 법을 가르치고 알게 한단 말인가? 누가 그런 고귀한 인성을 키워주고, 깨닫도록 한단 말인가? 그 주변에 누가 있느냐에 따라 인생을 바라보는 시각이 달라진다.

이다음에 그가 세상 속에서 유명 인사가 되고 모든 사람이 알아주는 실력자가 되었다고 치자. 그때까지도 무슨 일이 있을 때마다 양심에 거리낌 없이 옮겨 다니고, 버리는 것이 자연스럽다면 그는 그 인격으로 인하여 가슴 아픈 일을 겪을 것이다.

요즘 나라의 공직에 앉을 사람이 적합하지 않아 6명이 자격 미달로 중도에 하차하였다. 높은 위치에 있으면 뭐 하겠노? 쓸 만한 인격을 갖추지 못했는데. 추천받으면 뭐 하겠노? 좋은 자리 있으면 언제든지 옮겨가는 신의 없는 사람인데. 많이 배우면 뭐 하겠노? 나라를 위하여 쓸 만한 것이 없는데…. 이런 모습을 성공했다고 자랑하는가?

성경에 보면 이런 내용이 있다. 예수님이 세상 죄를 짊어지기 위하여 십자가를 지고 갈 때 너무 많이 맞아서 자신이 못 박힐 십자가를 지고 가지 못할 때, 그 옆에 있던 구레네 시몬이라는 사람에게 십자가를 대신 지고 가라고 한다. 이 사람은 얼떨결에 예수님이 지고 가야 하는 십자가를 대신 지고 간다. 예수님의 제자들은 한 명도 나타나지 않고 예수의 예 자도 모르는 사람이 예수님을 도와 십자가를 지고 간다. 누가 더 훌륭한가? 가졌다고, 배웠다고, 높다고 숨는 사람보다, 모자라지만 드러내놓고 떳떳하게 감당하는 사람이 훨씬 더 훌륭하지 않은가?

시골 길

한적한 시골 길
비켜서기 힘들고
퍼즐 같은 논길
흙먼지가 정겹다

새까맣게 광나는 차
시골 길 처음인가
낮 설은 경적
허공에 날고

귀여운 손자 손녀
용돈 주려고
묻었던 당근 싣고
장터 가는 할아버지

터줏대감 경운기
큰소리 헛기침에
느릿느릿 팔자걸음
급할 것 없다

내가 존재하는 것은

죄라는 것이 인간에게 들어오면서 인간은 하나님과의 모든 것을 상실하였다. 죄는 하나님의 뜻을 정면으로 부인하는 요소를 가지고 있으며 부정과 불만의 요소를 가지고 있다. 그것은 인간의 자아와 함께 움직인다. 그러므로 죄의 본질은 하나인데 그 죄를 낳는 방법은 다양하다. 그것은 인간의 생각이 다양한 만큼 가능하다. 왜 그러냐면 죄는 인간이 존재하기 전에 이미 존재하였다사14:14. 하나님과 동등해지고자 하는 욕망, 그것이 처음에는 죄인 줄 몰랐을 것이다. 그러나 그것은 하나님 앞에 엄청난 반역이었다. 그런 마음을 가졌던 무리는 하나님의 은혜의 장중에서 쫓겨났다. 그것이 죄다. 하나님의 뜻에 반하는 것은 모두 죄다.

그래서 사람은 태어날 때부터 죄성을 가지고 태어난다. 그러나 인간은 하나님의 특별한 관심 속에 있다. 인간은 하나님의 형상대로 만들어졌기 때문이다. 하나님은 인간을 그대로 멸망시키시지 않고 완벽하게 구원하시기로 작정하셨다. 그전에는 죄 없는 재물(소나 일 년 된 양이나 염소)을 요구하셨는데, 완벽한 구원은 동물의 피가 아닌 죄 없는 인간의 피로 단 한 번에 구원하시기로 작정하시고 죄 없는 인간을 찾으셨으나, 이 땅에는 죄 없는 인간이 존재하지 않으므로 하나님께서 직접 인간의 몸을 입고 여자의 몸을 통해 우리 가운데 오셨는데눅1:30~38, 그가 곧 예수 그리스도이시다.

그러므로 사람을 무시하는 것이 죄가 되는 이유는 하나님의 형상을 무시하기 때문이다. 이 땅에 사는 어느 누가 하나님의 형상을 무시할 수 있는 권세를 받았는가? 만약 그렇다면 그는 하나님의 주권에 도전하는 것이다. 예나 지금이나 하나님의 주권에 도전하는 자는 하나님과 동행하지 않는 자다. 과거에 다윗이 자신을 죽이려고 쫓아다니던 사울왕이 죽었을 때, 다윗은 사울왕이 죽은 줄도 모르고 있다가 아말렉 소년이 자살한 사울의 목을 잘라 다윗에게로 와서 상 받기를 원했을 때, 다윗은 그에게 "네가 하나님의 기름 부음을 받은 종을 죽이고도 마음이 편할 줄 알았더냐?"라고 하면서 그의 목을 베었다. 다윗의 마음을 이해할 수 있는가? 자신을 죽이려고 8여 년 동안 쫓아다닌 사울왕이 죽었다면 기뻐해야 하는데, 어째서 그는 사울 왕을 죽였다는 자를 목 베었을까? 그것은 다윗이 과거에 사울왕을 두 번씩이나 죽일 기회가 있었음에도 불구하고 죽이지 않은 것은 하나님의 주권에 도전하는 일이기 때문이었다. 그런데 이방인이 하나님의 기름 부음을 받은 자를 죽였다는 것에 대해 의분이 일어난 것이다. 자신도 감히 행하지 못한 일을 일개 이방인이 행하였다는 것을 용서할 수 없었다. 다윗은 그렇게 하나님을 사랑했다.

그러므로 하나님의 주권에 도전하는 자는 주제 파악을 할 줄 모르는 자며, 그런 자를 교만한 자라고 한다. 교만하다는 것은 잘난 척하고 뽐내며 건방진 행동을 하는 자의 모습이다. 누가 하나님의 일에 또는 하나님의 인도하심 앞에 잘난 척하고 뽐내며, 건방진 행동을 할 수 있을까? 그것은 제정신을 가진 자는 감히 할 수 없는 일이다. 마치 이방인과 같은 자의 모습이다. 오늘날 우리들의 신앙이 이방인과 같은 모습이 아니어야 한다. 교만은 패망의 선봉이라고 했다.

이 땅에 존재하는 모든 인간은 죄인이다. 하나님 편에서 볼 때 다 똑같다. 누구 한 사람 천국에 스스로 갈 수 있는 사람은 없다. 그중에는 좀 많이 가진 자도 있고, 좀 많이 배운 자도 있고, 지도자도 있고, 유명한 사람도 있고, 천하고 보잘것없는 사람도 있다. 흑인으로 태어난 자도 있고, 백인으로 태어난 자도 있고, 그 중간인 황인으로 태어난 자도 있다.

그럼, 내가 인정받고, 부를 누리고, 지도자가 되고, 명성을 얻고, 유명해지게 된 것은 누구 때문에 가능한 것인가? 바로 나와 같은 모양으로 만들어진 사람들 때문이다. 내가 누구 앞에 서서 내 마음대로 하고 싶은 말 다하고 신경질 낼 것 다 낼 수 있다는 것은 내가 잘 나고 똑똑하고 존경받을 만한 인물이기 때문이 아니라, 내 주변에 있는 사람들이 훌륭한 인격을 갖추고 있기 때문에 나를 인정해주고 바라보고 있는 것뿐이다. 착각하지 말자. 겸손해지자. 세상에 나보다 못난 사람이 어디 있는가? 나 자신은 모난 돌멩이 같은 존재라는 것을 깨달아야 한다. 누군가가 곁에서 나의 모난 것을 덮어주지 않으면 누군가에 의해 그 모난 부분은 벌써 뭉그러졌을 것이다. 그러므로 감사하자. 하나님께 감사하기 이전에 먼저 내 주변에 있는 사람들이 하나님 편에서 생각하고 행동하는 사람이라는 것을 깨닫고, 그런 사람들을 내 주변에 함께 있도록 이끄신 하나님을 찬양해야 한다.

해 방

나는 지금 갇혀 있다
날개를 잘렸고
발톱은 뽑혔다

누군가가 다가왔다
그는 나의 흐트러진
모든 것을 가져갔다

먼 우주를 훨훨 날았다
지구가 탁구공만 하게 보인다
나는 어느새 거인

사명과 일

사명의 사전적 의미를 찾아보니 "사신이나 사절이 받은 명령, 맡겨진 임무, 스승의 명령, 임금의 말이나 명령."이라고 기록하고 있다. 그러므로 사명자의 뜻은 나보다 나은 사람이, 왕이나 스승이 전하는 말을 받아 목적하는 곳에 가서 전하든지, 다른 목적대로 행하는 사람이다. 그런 의미에서 보면 목회자는 하나님으로부터 복음을 전해 받고 그것을 전하라고 택함 받은 사람이다. 그러므로 사명자는 자신이 하는 모든 삶의 주체는 곧 사명을 떠나서는 성립될 수 없다.

『라이언 일병 구하기』, 『이티』, 『인디아나 존스』 같은 낯익은 영화를 우리에게 선보이고 무한한 상상의 나래를 펴게 했던 스티븐 스필버그 감독은 "아침에 일어날 때면 너무나도 흥분되어 아침 식사를 할 수가 없다."라고 했다. 좀 과장된 말 같지만, 그는 새로운 영화에 대한 구상으로 날마다 행복한 삶을 살아가고 있는 것만은 틀림없다.

자기 자신이 무슨 일을 하고 있거나 할 수 있는 조건 속에 있는 사람이 있다면, 한 번쯤 생각해보라. '나는 무슨 일을 하기 위해 이 세상에 왔는가?' 인간이 아니더라도 한낱 보잘것없는 들풀과 나뭇가지의 붙어 있는 미세한 곤충까지도 자신이 존재하여야 하는 것에 대해서 최선을 다하고 있는 것을 본다.

계절이 바뀔 때마다 인간 역시 자연 속의 하나의 피조물이라는 것을 느낀다. 지난여름은 유난히도 더웠다. 웬만한 화초는 다 말라 죽은 듯했다. 아파트 현관 앞 화단에 심어져 있는 난장이 나무들이 한여름의 뜨거운 기운에 녹초가 되어 허물어지듯 서서히 갈색으로 변해가더니 전체가 그렇게 되었다. 그리고 난 후 장대 같은 비가 내리쏟아졌다.

온 땅이 생명력이 넘치는 물로 가득 찼다. 그리고 메말라 죽은 듯한 화초 일부분이 파란 싹을 돋아내고 있다. 완전히 소생한 것이 아니고 일부분이 살아서 "나 죽지 않았어요."라고 알리고 있다. 또 겨울에는 영하 20도 가까이 수은주를 끌어내릴 때 하나도 살아남을 것 같지 않았는데, 입춘이 지나면서 다 죽은 줄 알았던 그들 모두가 웃는 모습으로 다시 나타났다. 사명이라는 것이 이런 것이 아닐까?

성경에 기록되어 있는 모든 믿음의 사람들을 보자. 우선 기억나는 대로 사도바울을 보자. 그는 예수님을 안 믿던 자다. 그는 기회가 있는 대로 예수 믿는 자들을 잡아 옥에 가두든지 죽는 자리로 끌고 가던 자다. 그런 그가 어느 날도 예수 믿는 사람들을 잡으러 다메섹으로 가던 길목에서 주님이 천둥소리를 통하여 그를 부르셨다. 깜짝 놀라 말에서 떨어진 그가 일어설 때에는 앞이 안 보였다. 그리고 음성이 들려온다. "사울아, 사울아." 얼마나 가슴 뛰는 소리인가? 사울이 변하여 바울이 된 그는 그 음성을 들었다. 평생 잊지 못할 주의 음성을…. "뉘시온지요?" "나는 네가 핍박하는 예수다." 그 뒤로 그는 이방의 사도가 되어 전 세계를 무대로 뛰어다녔다. 한번은 루스드라라는 곳에서 복음을 전하다가 매를 얼마나 많이 맞았는지 죽은 줄 알고 성 밖에 버렸는데, 주님의 은혜로 깨어났다. 그러자 그는 다시 그 성안으로 들어갔다행 14:19~20.

이런 모습을 보면서 화초나 다른 피조물들이 자신이 존재하여야 할 조건이 되기만 하다면 아무리 열악한 조건이라도 그곳에서 자기의 맡은 바 소명을 다하는 것과 같은 것을 본다.

모든 사람이나 산천초목의 모든 것들이 다 그 나름대로의 사명이 있는데, 유독 인간만이 그 사명에서 벗어나고 싶어하는 경향이 있는 것을 본다. 그들에게는 사명의식은 없고, 일이나 직업만이 존재할 뿐이다. 그들은 날마다 무엇을 먹을까 무엇을 입을까 무엇을 마실까에 매어 헤어나오지 못하고 있다. 사람이 일개 화초나 곤충만도 못한 사고를 하고 있다면 하나님의 형상대로 지음 받은 것이 무색하다. 잠들어 있는 열정에 불을 댕기고 온몸의 뜨거움이 매혹적인 모습으로 변해야 한다. 저녁에 잠자리에 드는가? 내일 아침에 할 일에 대한 설렘으로 기쁘게 잠들라. 아침인가? 한날도 나에게 맡겨진 일에 대한 열정과 감사함으로 시작하자.

영적 전쟁

도저히 양보할 수 없는 전쟁은
처참한 패배로
미련과 아쉬움으로 얼룩졌고
지친 육신은 내팽개쳐져
흐릿한 의식이 썰물처럼
밀려가고 있다

어떤 소리라도 질러야 하고
무엇인가 잡아야 하는데
전능자의 손길은 어디 있는가
주여!
입안의 외침과 오열이
꿇은 무릎에 힘을 싣는다

진리와 거짓

　이 세상에 사는 사람 중에 의롭다고 할 수 있는 사람이 있을까? 인간은 죽을 때까지 자기 변화를 계속한다. 그렇다면 인간이 진리라고 하는 것은 무엇일까? 성경 말씀이라는 것은 누구나 다 안다. 인간은 진리의 말씀을 따라 살기를 원한다. 그런데 사람들은 무슨 일을 결정할 때마다 그 기준이 성경 말씀이 아니라 본인의 마음이 기준이다. 즉, 내 마음에 합당하면 그것이 옳은 것이고, 내 마음에 합당하지 않은 것은 잘못된 것이다. 내 마음이 진리인 셈이다. 왜 이런 현상이 생기는가? 내 마음을 내 마음대로 다스릴 수 없기 때문이다. 그래서 사도바울은 "내 속사람으로는 하나님의 법을 즐거워하되, 내 지체 속에서 한 다른 법이 내 마음의 법과 싸워 내 지체 속에 있는 죄의 법으로 나를 사로잡는 것을 보는도다. 오호라, 나는 곤고한 사람이로다. 이 사망의 몸에서 누가 나를 건져내랴롬7:22~24."라고 했다. 마음을 침범하는 것이 있는데 그것은 자신의 지체라고 한다. 즉, 자신의 몸이라는 것이다. 몸에도 본능적으로 추구하는 것들이 있다는 것이다. 그것은 습관이다. 경험 또는 유전에 의해 형성된 것이다. 그러므로 무엇을 결정할 때 내 마음에 안 맞다고 하는 것은 그 마음이 육신 쪽에서 있다는 것이다. 즉, 경험을 앞세우고 있는 것이다. 만약 마음이 자신의 영 중심으로 있다면 무슨 결정을 할 때 영 중심에서 결정하고 판단할 것이다. 그것은 진리 안에 서 있는 것이다.

레싱이란 철학자는 "인생은 진리를 탐구하기 시작함으로 말미암아 참다운 인생이 시작된다."라고 했다. 종교 개혁가 마틴 루터는 "술은 사람을 강하게 만들고 왕은 그보다도 더 강하며, 또한 여자는 왕보다 더 강하다. 그러나 진리는 가장 강하다."라고 했다. 사람으로 사람답게 살아가는 것은 짐승들과 다른 삶을 살아가기 때문이다. 그러나 지금의 시대는 자신의 마음을 무기 삼아 사회적으로 유익을 찾고 성공하기를 원한다. 우리 주변에는 우리의 마음을 지배하고 다스리는 훈련법들이 많이 나와 있다. 마음을 다스릴 수 있는 어떤 훈련기법이 있다 할지라도 그것이 진리는 아니다. 그것을 하나님 믿는 믿음의 사람들이 사용한다면 그것은 하나님 앞으로 가까이 가도록 이끄는 하나의 도구일 뿐이다. 그런 기법을 사용하고 안 하고가 중요한 것이 아니고, 그런 기법을 사용하여 하나님의 뜻을 온전히 드러내고 깨달아진다면 그것은 하나님께서 본인에게 주신 은혜가 임했기 때문이다. 왜 그러냐면 인간의 마음은 스스로 노력한다고 변화되는 것이 아니기 때문이다. 그런데 어떻게 하나님의 은혜를 입지 않고 나를 변화시키고 주님이 원하시는 마음을 소유할 수 있을까? 하나님께서 강권적으로 인도하시면 하루아침에 변화될 수 있다.

필자도 그런 은혜를 체험했으므로 그 현상을 안다. 그러므로 주의 은혜는 누구에게든지 임한다. 그때 순종하여야 한다. 주변에서 은혜를 깨뜨리기 위하여 다가오는 유혹을 따라가는 것이 아니라 은혜를 따라 행동하여야 한다. 그것이 믿는 자가 하여야 하는 일이다.

이탈리아의 철학자며 천문학자인 갈릴레오는 태양이 지구 주위를 도는 것이 아니고 지구가 태양 주위를 돈다는 지동설을 주장하여, 로마 가톨릭 교회로부터 거짓을 주장한다며 재판에서 이단자로 선고받았다. 그리고 극심한 고문으로 인하여 죽임을 당하였고, 죽어서도 조상이 묻힌 묘지에도 묻히지 못하고 묘비도 세우지 못했다. 그 후 346년이 지나 교황 바오로 2세가 그때의 재판이 잘못되었고, 이단자라고 했던 갈릴레오가 옳았다고 사과하였다. 이와 같이 진리는 가장 소중한 것이고 불멸이며, 유익하고 영원한 것이다. 그러나 가끔 세상 거짓에 감추어져 있을 때도 있다. 그것은 세상의 어리석음이 진리를 덮고 있기 때문이다. 그러나 빛은 아무리 작은 것이라 할지라도 어둠이 덮을 수 없다. 그 작은 빛을 찾는 자들이 곧 순례자들이 아닌가 싶다.

진리를 찾았을 때의 기쁨은 말로 표현할 수 없는 진리만의 기쁨이 있다. 그것은 영원불변의 것으로 사람에 속한 것이 아니고, 우주와 영원의 질서이며, 주인이 되시는 만왕의 왕, 우리 주 예수 그리스도께 속한 것이다.

연약하기 때문에

오늘도 꿈을 꿉니다
그것은 연약한 자에게 주는
신의 선물입니다

할 수 있는 조건 속에서
꿈이 필요한가요
그냥 하면 됩니다

세상에서 가장 어리석은 것은
연약함을 부정하는 거죠
거기에는 꿈이 없기 때문입니다

지금도 계속되는 유혹

"사람이 이 세상을 태어날 때 선하게 태어나는가, 아니면 악하게 태어나는가?"라는 질문은 많은 논쟁에 불을 지피는 주제이다. 오늘날도 그런 주제로 토론을 벌인다면 역시 마찬가지로 격렬한 논쟁을 하리라 생각한다.

사람은 태어날 때 선하게 태어난다는 공자의 말과 사람이 태어날 때 악하게 태어난다는 순자의 말, 인간은 선하게 태어났다가 악하게 되었다는 성경의 말씀이 있다. 성경에는 인간이 처음에는 착하고 선하였는데, 인간이 스스로 악하게 된 것이 아니라 악한 존재 사탄에 의해 악하게 되었다고 말씀한다. 아담과 하와가 하나님에 의해 흙으로 만들어지고 그 코에 생기를 불어넣어 줌으로 인해 이 세상에 인간이 존재하게 되었다. 이것이 우리가 흔히 이야기하는 창조론이다. 이때에는 인간이 착하고 선하였다.

그런 아담과 하와가 죄를 지어 악한 성품으로 바뀌게 된 경위는 다음과 같다. 하루는 하와가 홀로 에덴동산을 거닐고 있을 때 사탄이 뱀의 형상을 입고 다가와 하와에게 말을 건다. "하나님께서 동산에 있는 모든 실과를 따 먹지 말라 하시더냐?" 할 때 하와는 "아니, 동산 중앙에 있는 선악을 알게 하는 나무의 실과를 따 먹지 말라 하셨다. 만약 따 먹는 날에는 죽을까 하노라."라고 하셨다고 하자, 사탄이 "아니다. 절대 죽지 않을 것이다. 선악과를 따먹으면 너희가 하나님과 같이 되기 때문에 따 먹지 못하게 한 것이다."라고 유혹하자, 하와의 눈빛이 변하기 시작했다. 옛날이나 지금이나 인간이 창조주가 될 수 있다는 사탄의 달콤한 유혹은 계속되고 있다. 그 유혹을 받은 인간은 많은 사람들을 불러 모아 신이 되고자 하여 노력했지만 비참한 최후를 맞이했고, 일부는 그 최후의 순간을 향하여 가고 있는 것을 본다. 인간은 절대 신이 될 수 없다. 그 이유는 신에 의해 존재하기 때문이다.

사탄의 유혹을 받은 하와가 죄를 짓기 전에 선악과를 바라보면서 생각한 것이 있다. "여자가 그 나무를 본즉 먹음직도 하고 보암직도 하고, 지혜롭게 할 만큼 탐스럽기도 한 나무인지라, 여자가 그 열매를 따 먹고 자기와 함께 있는 남편에게도 주매 그도 먹은지라창3:6."

하와의 마음의 상태는 사탄의 말을 들으면서 이기적인 생각을 했다. 선악과를 따 먹으면서 자기 자신에게 다가올 유익을 생각한 것은 자신이 하나님같이 될 수 있다는 것이다. 그렇기 때문에 하나님께서 금하신 명령도 아랑곳하지 않았다. 하나님같이 되는데 하나님이 두려울 이유가 없기 때문이다.

오늘날도 사람이 죄를 짓기 전에 먼저 자기 자신에게 다가오는 어떤 유익한 것을 생각했기 때문에 악을 선택한 것이다. 따라서 사람이 무엇을 선택하기 전에 먼저 자기 자신에게 다가올 이익을 생각하고, 그 이익을 위하여 선을 택하기도 하고 악을 선택하기도 한다. 어느 것을 선택하든 자신에게 유익하지 않다면 선이라도 선택하지 않을 것이다. 그러므로 선이 있는 곳에는 반드시 악이 있고 악이 있는 곳에는 반드시 선이 있다. 이 둘은 동전의 앞과 뒤 같은 것이다. 그렇다고 악이 선과 같은 위치에 존재한다는 것이 아니다.

그러므로 인간은 선하게 태어났지만, 사탄에 의해 악하게 변하게 되었고, 그 후손들은 죄의 유전을 갖고 태어나므로 모두 악하며, 이 세상에는 선한 사람은 하나도 없다. 인간은 스스로 선해질 수가 없다. 선한 마음을 소유하고 선한 생활을 하려면 죄의 요소를 제거하여야 한다. 그러나 인간은 스스로 죄의 원인을 제거할 수 없다. 그것이 인간의 연약성이다. 하나님께서 그와 같은 사실을 아시고 독생자 예수를 이 땅에 보내어 사탄이 심어준 죄악의 값을 십자가 위에서 죽으심으로 갚으셨고, 부활하시므로 다시는 죄악으로 돌아갈 수 없도록 완벽하게 하셨다. 그 사실을 믿는 자에게 죄 사함의 징표인 하나님의 자녀가 되게 하셨다.

그런데 문제는 죄 사함을 받은 자라 할지라도 끊임없이 다가오는 죄의 유혹에서 이기는 훈련이 필요하다. 그 훈련은 예배와 기도를 통한 성령의 임재하심이다. 다시 말해서 하나님의 자녀가 되었다 할지라도 이 세상에 살아있는 동안은 완벽한 존재는 아니다. 아직은 이 세상의 것을 통하여 존재하기 때문에 이 세상에서 심어주는 여러 가지 욕구를 진리 안에서 이기고 다스리는 삶을 살아야 한다. 그것은 믿는 자의 열매며 상급이다.

예 약

인생의 외길을 걸어가면서
중년의 모습으로
뒤돌아볼 수 있는 것은
곁에 있는 당신 때문입니다

당신은 언제나
하늘 정원을 가꾸며
나를 위함이라 할 때
그것은 나에게 환희입니다

어렵고 힘든 모습 속에서도
내 안에 선한 것이 작동하도록
당신은 정원에 꽃 피우기를
마다하지 않았습니다

영원히 굽지 않는
당신의 공의로움은
낙망과 고통의 저울 속에서도
무시로 느낍니다

되돌아보면
나의 조그마한 잔은
언제나 넘쳤고
감탄과 감사뿐이었습니다

이렇게, 여유로운 미소
지을 수 있는 것은
초청될 파티의 자리가
예약되어 있기 때문입니다

마음을 다스리라

성경에서 마음은 인간 속에 있는 영적이며, 내적인 모든 영역을 의미한다. 하나님은 그 마음을 인간의 코에 생명을 불어넣어 줌으로써 형성되었다. 깨끗하고 아름다운 마음이다. 그 마음에는 자유의지라는 것이 있다. 하나님은 전능하신 분이시기 때문에 인간에게 마음을 불어넣어 주실 때 오직 착한 일만하며 살도록 하신 것이 아니라, 자신의 의지에 따라 판단하며 결정할 수 있는 자유의지를 주셨다. 그것은 하나님의 온전한 성품이다. 그 성품을 사탄이 이용하여 하와를 유혹하고 하와는 그 자유의지를 선하고 아름다운 곳에 사용하는 것이 아니라 자기의지의 유익을 위하여 사용했다. 그것은 하나님의 말씀을 거절하는 것이었다. 이것은 인간에게 새로운 의지가 형성되는 모습이다.

이로써 인간은 착하고 선한 일만 하는 것이 아니라 악하고 추한 일도 할 수 있다는 길을 만든 것이다.

여기서 마음을 표현하는 방식이 전혀 다른 두 가지 이론이 있다. 기독교에서는 마음을 하나님께서 인간에게 생명을 불어넣어 줄 때 하나님의 속성도 같이 주입되었다고 할 수 있다. 그러나 하나님같이 될 수 없는 것은 인간은 유한한 몸, 흙으로 만들어졌기 때문이다. 또 하나는 이성을 중심으로 하는 마음인데 그 주체는 자연이다. 즉, 자연이 신이라는 것이다. 그래서 자연을 통하여 인간이 원하는 것을 얻는다는 것이다. 그래서 마음을 욕망이라고 표현한다. 그리고 모든 것은 마음에서부터 이루어진다고 한다. 원효대사가 깨달았다는 일체유심조一切唯心造(모든 것은 마음이 지은 것)라는 말이 있다. 세상은 욕망대로 된다는 것이다. 그래서 자연이 욕망이고 곧 마음이라고 하는데 이것은 불교의 기본 가르침이다. 이성을 중심으로 논리를 펴는 철학자(소크라테스, 데카르트, 쇼펜하우어, 사르트르, 스피노자 외)들도 이런 주장을 하곤 한다. 그러나 성경에서는 그렇게 말하지 않고 있다.

"사람이 마음으로 자기의 길을 계획할지라도 그의 걸음을 인도하시는 이는 여호와시니라잠16:9." 인간의 마음을 주장하는 주체가 있다는 것이다. 그는 곧 하나님이시다.

오늘날까지 많은 학자들의 밥벌이를 해주고 있는 주제다. 어떤 의미에서는 하나님에 대해서 좀 더 깊이 알아가는 계기를 이미 제공한 것이다. '하와의 불순종이 없었다고 할 때 지금까지 하나님의 선하심만 간직하고 살아왔을까?' 하는 의구심 속에는 결코 그렇지 않을 것이라는 결론이다. 그 중간에 누군가가 하와의 일을 했을 것이다. 인간은 스스로 하나님께서 주신 마음을 온전히 간직하고 지킬 능력이 없기 때문이다.

그래서 하나님께서 인간의 몸을 입고 예수 그리스도의 모습으로 이 땅에 오셔서 하나님에게서 멀어지도록 유혹한 사탄의 죽음의 권세를 깨뜨리시고 부활하시므로, 다시는 사탄의 유혹이 이기지 못하도록 하셨다. 다시금 옛날에 하나님께서 주신 그 마음을 회복시켜주시고 이제는 많은 경험을 했으니, 더 이상 방황하지 말고 돌아오라고 하신 것이다.

그런데 문제는 인간이 지금까지 살아오면서 마음에 간직한 사건들이 너무 많아서 그것을 털어내기가 쉽지 않다. 성경에서는 "마음을 지키라."고 하고 "다스리라."고 하신다. 어떻게 하여야 온전히 다스릴 수 있는지 그 방법이 힘들다. 힘든 이유는 이미 그 마음속에 자기 자신을 유익하게 하고자 하는 의식이 자리 잡고 있기 때문이다. 그것을 이길 수 있어야 하나님에게로 온전히 돌아갈 수 있을 텐데, 일상의 삶 속에서는 그렇지 않다. 그래서 성경에서도 그런 인간의 연약함을 알고 계속적인 "성령 충만함을 입으라."고 한다.

필자의 경험으로 보면 하나님의 강권적인 은혜가 임하면 인간의 의지와는 상관없이 인도하시는 길로 걸어갈 수 있다. 필자가 목회를 하게 된 경위가 그렇다. 그러나 그 인도하심을 끝까지 간직하지 못한다는 것이다. 다시 말해서 현실 속에서 일어나는 사건을 세상적인, 인간적인 방법으로 생각하고 판단하기 때문에 문제가 되고, 그것이 가시가 되어 영성을 무너지게 한다.

사람마다 어떤 사건이 문제가 되는 것은 그것을 감당할만한 능력이 없기 때문이다. 또는 하나님이 늘 함께 계신다는 자기 확신 때문이다. 이것은 신앙생활에서 넘어지는 가장 확실한 방법이다. 하나님이 함께

하신다면 당연히 하나님의 방법대로 살아야 하는데, 인간은 자기 의지대로, 생각대로 판단하고 결정하면서 하나님이 함께하셨다고 이야기한다. 그런데 문제가 달라지는 것은 없다. 그래서 실망을 하고 하나님의 임재를 의심한다.

마음을 다스린다는 것은 상당히 힘들고 어려운 일이다. 그래서 예수님께서 인간들을 향하여 "너희의 모든 짐을 내게 맡기라마11:28."라고 하셨다.

그만큼 인간의 마음은 타락되어 있고, 오염되어 있다는 뜻이다. 그래서 마음을 다스리려면 성령의 강력한 임재하심과 인간의 체험이 있을 때 깨달으면서 마음이 변한다. 다시 말해서, 성령의 강력한 임재하심에 인간의 몸이 순종하므로 성령의 인도하심의 역사가 성취된다. 그때 육신이 순종함으로 나타나는 현상을 보고 느끼면서 깨달아지는 것이다. 그런 은혜를 많이 체험하여야 한다. 그래야 육신적으로 다가오는 유혹을 이길 수 있는 지혜와 판단이 서고, 하나님께서 기뻐하시는 마음이 되는 것이다.

어느 이른 봄날

호수 옆
산기슭의 전통찻집

약속한 친구와
마주앉아

건네주는 쌍화차는
그윽했고

따스한
햇빛 스미는

창 너머
텃밭에는

때 묻은 흰 눈이
말라붙어 있었다

세상은 도화지다

하나님께서 세상을 만드시고, 그 안에 인간을 만드시고 세상을 다스리라고 하셨다. 하나님은 전능하신 분이시다. 그분은 이 세상이 어떤 모습으로 이끌려 갈 것을 알고 계셨다. 그런 하나님의 의도를 깨달은 사람도 있고 깨닫지 못한 사람도 있다. 그래서 세상은 양분된 사상을 통하여 양분된 모습으로 살아가고 있다. 그런 의미에서 세상은 세상일 뿐이다. 세상은 우리에게 어떤 것도 요구하지 않고 그냥 그대로 있다. 모든 사상과 이념으로 인하여 어떤 짓을 하든, 어떤 싸움질을 하던 그냥 여유롭게 세상은 자신의 모든 것을 내놓고 있을 뿐이다. 그런 세상을 누가 어떻게 지배하느냐는 것은 나름대로 똑똑하다는 사람들에 의해 잠시 달라진 것뿐이다.

그러므로 세상은 누구도 소유할 수 없다. 한 때는 세상을 통째로 지배하고자 하는 사람들이 일어나 나름대로 세상을 지배하였으나 그것은 일부분일 뿐이다. 그럼에도 불구하고 세상은 그런저런 사람들을 다 수용하고 있다. 그런데 대다수의 사람들은 세상 안에서 세상의 바라보며

'이 더러운 세상'이라고 한다. 세상이 뭐가 더럽다는 것인가? 세상이 무엇을 해롭게 한 것이 있나? 세상은 공평한 곳이다. 세상은 누구나 마음대로 활동할 수 있는 시간적 공간이다. 그곳에서 어떻게 살아가는 것은 지극히 본인의 의사에 의해 결정되는 것이다. 그런데 사람들은 세상이 자기에게 무엇을 어떻게 해주기를 바라고 자신이 원하는 대로 되지 않으면 세상을 원망한다.

그럴 필요 없다. 세상은 누구의 편도 아니다. 언제나 중립이다. 다시 말해서, 자신이 세상을 향하여 긍정적인 마음을 가지고 있으면 세상은 좋은 곳이고 꿈을 펼칠 수 있는 유일한 공간이다. 또 다른 의미에서는 누구도 알아주지 않는다 할지라도 세상은 본인의 의사를 존중하여 어떤 표현도 수용하는 곳이다. 다만, 거기에 또 다른 사람이 자기의 의사와 다르다는 것을 표현할 뿐이다. 때때로 반론을 제기할 때 거기에 대해서 변증할 자신이 없으면 그냥 편하게 다른 사람의 의견을 듣고 보며 대리만족하면서 사는 것이 편하다. 그러면 세상은 그에게 아무런 시비도 간섭도 하지 않는다.

그래서 지난 시간을 되돌아보면 나름대로 능력 있다고 하는 사람들이 세상을 지배하고자 하는 논리를 펼 때 거기에 마음이 가는 사람들이 모여 하나의 큰 세력을 만든 것을 본다. 세계적으로 이름난 사람들 말고라도, 각 나라의 지도자를 뽑을 때 그들의 사상이 이상적이라고 생각하는 사람들이 그를 선택하여 역사의 한 페이지를 장식하고 있는 것 아닌가? 그렇다면 어째서 그 많은 사람들이 따르다가 한순간에 돌아선 걸까? 아마 그때 당시, 세상은 더럽고 추하고 냄새가 역겨워서 못살겠다고 하며 세상을 바꿔야 한다고 할 때, 그 말이 자신의 마음과 통하기 때문이다. 그러나 새로운 이상이나 이념이 등장할 때 거기에 대항할 능력이 모자랐던 것이다. 그래서 역사의 한 페이지를 장식하고 조용히 있는 것이다.

세상은 지금도 처음같이 그대로 우리를 끌어안고 있다. 변한 것이 있다면 그것은 인간의 마음이다. 지금도 어느 한 쪽에서는 "세상이 더럽고 추하고 냄새나서 못 살겠다."라고 하며 바꿔야 한다고 울분을 토하는 사람이 있는가 하면, 또 다른 쪽에서는 "세상은 정말 살만한 곳이다."라며 즐기고, 누리고, 만족해하는 사람들이 있다. 그렇다고 세상이 나서서 "너 그렇게 살며 안돼."라고 하지 않는다.

세상은 누구의 편도 아니다. 세상은 하나님께서 인간으로 하여금 행복하게 살아가도록 베풀어주신 공간이다. 그렇다면 이 세상을 어떻게 살아가야 하는 걸까? 그것은 간단하다. 내 마음에 예수님을 영접한 삶을 살면 된다. 천국은 멀리 있는 것이 아니다. 내 안에 있다. 내가 천국을 누리고 살아간다면 세상은 천국의 연장선상이다. 그러나 내가 어떤 이념에 빠져 산다면 세상 역시 그 연장선상이다. 그래서 끊임없이 싸우고 또 싸우며 살아가는 것이다. 그래도 세상은 그대로 있을 뿐이다. 왜? 세상이 우리에게 무엇을 어떻게 해주는 것이 아니라 인간이 가지고 있는 사상이나 이념들을 마음껏 펼치도록 모든 조건을 다 제공해주고 있을 뿐이다. 그런데 세상에는 선한 사람보다 악한 사람들이 더 많다고 느끼는 이유는 뭘까? 그것은 사탄(마귀)이 이 세상을 지배하고 있기 때문이고, 대부분의 사람이 사탄의 사상을 수용하고 있기 때문이다.

"큰 용이 내쫓기니 옛 뱀 곧 마귀라고도 하고 사탄이라고도 하며 온 천하를 꾀는 자라 그가 땅으로 내쫓기니 그의 사자들도 그와 함께 내 쫓기니라_{계12:9.}"

내장산의 패션

온 산이
최고급 패션쇼를 한다
일 년에 한 번 하는
정기 행사로
은은함이
강렬함이
순수함이 돋보인다

그 많은
옷들 위에
샛노란 은행잎의
당당함이
화려함을 더 하는데
누구의 작품이냐
오라, 내 님의 작품이구나.

가치와 상품

사람은 다양한 생각과 판단을 하는 존재다. 사람이 인정하는 가치 또한 다양하다. 가치는 본인이 살아가면서 소유하고 있는 브랜드와 같은 것이다. 그 가치를 값없이 느끼는 자가 있는가 하면 아주 값지게 여기는 자가 있다. 그러므로 가치라는 것은 누구에게나 절대적인 것은 아니다.

또 그 가치는 하루아침에 얻어지는 것이 아니다. 본인의 생각이 변하지 않으면 가능하다. 나이와는 무관하다. 언젠가 마음에 그 가치를 느끼고 그것을 이루기 위하여 쉬지 않고 달려가면 반드시 그 가치를 얻을 수 있다. 흔히들 돈과 명예가 얻어지면 가치가 높아지는 것으로 생각하는데, 가치가 먼저 높아진 다음에 따라오는 돈과 명예가 오래가고 진실되고 사람들에게 감동을 준다.

예를 들어, 부모의 후광으로 돈과 명예를 얻었다고 치자. 그럴 경우 그를 진정한 리더로, 존경받을 만한 인격으로 누가 인정하겠는가? 그런 예는 사회 속에서 흔히 만나고 보고 있는 일이다.

미국 버지니아 공대 기계공학과 교수로 있는 홍원서 박사의 일대기를 보았다. 21살에 미국에 가서 공부를 했다. 그가 공부한 것은 그냥 학문을 익히기 위하여 간 것이 아니고 과학자의 꿈을 갖고 직접 연구소에 들어가 현장을 체험하고 싶었던 것이다. 당시 우리나라는 그런 교육적인 환경이 마련되어 있지 않았다. 그는 세계 최초로 소경이 운전할 수 있는 자동차를 발명했다. 누구도 생각해내지 못하는 일을 그가 한 것이다. 그리고 그의 지금 목표는 2050년에 사람 크기의 로봇을 만들어 사람과 축구경기를 하는 것이라고 한다. 그리고 그는 로봇을 만들어 육신이 불편한 사람들에게 접목하여 정상인들과 같은 삶을 살아갔으면 좋겠다고 한다.

인생에 있어서 가치 있는 삶이란 무엇일까? 최고의 학문을 연구하는 학자든, 최고의 발명품을 만들어내는 과학자든, 최고의 영성으로 사람의 영혼을 위로하는 영성가든, 최고의 수완으로 돈을 많이 번 기업가든, 영감 있는 그림을 그리는 화가든, 그 외에 세계에서 최고라고 생각하는 다양한 사람들의 생각을 들여다보면 그들의 생각은 자신이 하고 있는 일 외에는 별로 아는 것이 없다. 그리고 그들이 생각하는 것은 지극히 단순하다. 누구를 등쳐서 자기가 그 위에 군림하겠다는 것이 아니고 누가 돈을 버니까 나도 그것을 해야 되겠다는 것도 아니고, 남들이 가지 않은 길을 가면서 남들이 하지 않은 일을 하므로 보람을 느끼고 가치를 느끼고 살아있다는 것에 희열을 느낀다.

누구를 붙잡고 물어보라. "당신이 그 일을 하는 이유가 무엇입니까?" "인류에 이바지하고 싶습니다. 누군가가 나의 이 연구 결과가 도움이 되었으면 좋겠습니다."라고 한다. 그런 가치 있는 일을 하고 난 다음에 따라오는 것이 돈이고 명예이다. 즉, 가격이다.

 그리고 그 가치가 세상에 상품이라는 날개를 달고 나온다. 얼마만큼의 가치가 있느냐에 따라 그 가격은 달라진다. 그 뒤로 이어서 나타나는 현상이 인간의 이익이 개입되어 복잡한 욕망으로 변질되기 시작한다. 그러므로 현상을 따라가면 아무리 선한 삶을 살아도 그 삶은 이미 타락된 삶이다. 끊임없는 생존경쟁에서 새로운 가치를 찾아 헤매는 목마름이 반복된다.

 요즘은 개그와 같은 오락프로그램이 뜬다. 지금 뜨고 있는 배우들을 보면 하루아침에 스타가 되어 많은 인기를 누리는 것이 아니다. 그들의 지난 무명의 시간들을 조명한 프로그램을 본 일이 있다. 지금의 스타들이 한쪽 구석에서 촬영 소품을 들고 왔다 갔다 하는 모습이 보인다. 그런 삶을 5~10년씩 계속하다가 한 번의 프로에 뜨면 스타가 되는 것이고, 못 뜨면 또다시 그런 생활을 연장하는 것이다. 그때 그들이 생각하는 것은 무엇이었을까? 당연히 스타가 되는 것이다. 스타가 되면 가치를 인정받는다. 상품이 되기 때문이다. 가격이 매겨진다. 돈이 따라오고 명예가 따라온다. 어디 가서 함부로 말하거나 행동도 못한다. 잘못하면 가치가 떨어지기 때문이다. 그러나 가격이 매겨지기 시작하고 이익이 개입되기 시작하면 어느새 상품이 가치는 떨어지기 시작한다. 나의 가치를 유지하는 것은 무엇일까? 첫 사랑과 첫 믿음이다.

전장터

늦은 봄의 따사로운 햇살을 받으며
강릉을 끼고 옆으로 도니
곧바로 전장터가 한눈에 들어온다

잘 정연된 군마들이
돌격 앞으로의 명령을 따라
사정없이 치고 할퀴고 간다

활처럼 휘어진 요새를 따라
반라半裸의 군상들이
정복자의 모습으로 여유롭다

올여름에 다시 한번 붙어보자고
군마들은 전열戰列을 가다듬고
정복자들은 춤사위로 준비하고 있다

신념과 믿음

우리는 때때로 신념과 믿음을 착각할 때가 있다. 신념은 자기 자신의 의지에서 비롯된 것이다. 믿음은 본인 스스로 만들어 내거나 형성할 수 있는 것이 아니다. 믿음에는 반드시 수반되어야 하는 것이 있는데, 자기 자신이 인식할 수 있어야 온전한 믿음이라고 할 수 있다. 즉, 자기 자신이 무엇을 믿고 있는지를 의식하지 못하면서 믿는다는 것은 목적 없이 달려가는 자동차와 같다. 어쩌면 신념을 보통사람들은 믿음이라고 말할지도 모른다. 그것은 믿음이 무엇인지 모르고 하는 말들이다. 왜 그러냐면 신념은 인간의 자의식의 한계만큼 형성되는 것이다. 어떤 목적하는 바가 있을 때 그것을 성취하기 위하여 자신을 돌아보고 잘 참고 견디는 의지가 크면 오래 참거나 견딘다. 이것이 신념이라는 것이다. 의지가 강한 사람일수록 인내심이 강하다. 그러나 이와 같은 신념이 무너지지 않고 목적하는 바를 이루었다면 훌륭한 인격의 소유자라고 하며 많은 사람들에게 칭찬을 받고 선망의 대상이 되곤 한다. 이 신념이 독단적으로 활동하게 되면 하나님 없이도 얼마든지 잘살 수 있다고 말한다.

그러나 믿음은 그렇지 않다. 믿음은 스스로 만들어내는 것이 아니고 창조주께서 인간에게 주시는 선물이다. 그 믿음은 전능하신 분이 주시고자 하시는 것을 받을 수 있는 티켓과 같은 것이다. 그러므로 이 믿음이 본인에게 형성되기 위해서는 하나님이 주시고자 한 것을 받기 위한 순종이 있어야 한다. 다시 말해서, 자신의 노력의 한계를 벗어난 상태에서의 성취의 경험이다.

그러므로 신념이라는 것은 스스로 자의적인 노력에 의해 얻어지는 것이고, 믿음이라는 것은 스스로 노력하여 얻어지는 것이 아니고 절대자의 능력을 통하여 얻어지는 것이다. 그러므로 신념에 의해 얻어지는 것과 믿음을 통하여 얻어지는 것은 하늘과 땅 차이다. 신념에 의해 얻어지는 것은 자신의 의지나 지식의 한계 이상은 얻을 수 없다. 반면에, 믿음을 통하여 얻어지는 것은 상상을 초월한다.

어떤 목적하는 바가 있을 때 그 목적을 이루기 위하여 자신이 어떤 처신을 하여야 한다는 것을 인식하고 의식적으로 그 목적을 이루기 위하여 긍정적인 마음을 가진다. 그러나 대개 긍정적인 마음이 무의식적으로 권력이나 돈에 아부하는 사고처럼 나타나곤 한다.

어떤 집단의 결정이 소수 사람들의 이익을 위해 결정하고 그것을 당연한 것으로 여기고 집단의 반발을 거뜬히 통과될 것이라는 긍정적인 마음을 가진다. 그러다 거부하는 의견에 부딪히면 소수의 이익을 본 사람들끼리 뭉쳐서 대항한다. 그것이 진리인 양….

또 다른 모습은 부정적인 현상을 보고 그냥 수용하는 것이다. 그것이

나쁘다고 지적하고 다투어 봤자 분열하게 된다는 것을 알고, 거기에 적용하며 새로운 계획을 세워 장애를 극복하고자 한다. 이런 긍정적인 마음으로 잘못된 것이라도 수용하고 못마땅하더라도 참고 그 안에서 새로운 발전적인 것을 찾아 '잘 될 거야.'라고 하며 희망의 빛을 찾아간다.

긍정적인 마음은 일종의 습관이다. 그러나 그런 긍정적인 마음은 인간의 무의식에서 나오는 것으로 그 무의식의 방향이 어디서 시작되었느냐에 따라 그 행동이 달라진다.

세상에 존재하는 신앙의 모습은 세 가지다. 하나는 전능자의 부르심을 받아 따라가는 것이고, 또는 인간의 노력으로 신의 경지에 도달하는 것이고, 또 하나는 신의 존재를 부정하며 자신이 곧 신의 위치에 있는 것이다.

긍정적인 마음은 세 곳 다 필요하다. 하나는 신이 정하신 목표를 이루기 위하여 가는 긍정적인 마음이 있어야 하고, 나머지 둘은 인간이 정한 목표를 이루기 위하여 가는 긍정적인 마음이 있어야 한다. 그러나 긍정적인 마음의 주체가 어느 것이냐에 따라 믿음과 신념으로 구별된다.

부르심

어느 날 엄청나게 큰 십자가를 보았다
하루 이틀도 아니고 기도만 하면 보였다

이게 무슨 일인가 하고 궁금했는데 마음속에
한 줄기 들려오는 음성 "내가 너를 쓰겠노라"

구도의 삶이 어언 10여 년이 지날 즈음
간하고 대장에 암이 있어 병원에 누웠다

큰 교회를 섬기진 못했지만,
수고했다라는 주님의 말 한마디로 족하다

이제 육신의 허울을 벗고 천사도 흠모하는
아름다운 천국에서의 삶을 살리라

응답에 대한 믿음

늘 이야기하지만 믿는 사람에게도 어려움이 있고, 안 믿는 사람들에게도 어려움은 있다. 믿는 사람이라고 환란이 면제된 것은 절대 아니다. 믿는 사람은 환란이 오고 슬픔이 와도 그 뒤에 계시는 주님의 인도하심을 볼 줄 아는 것으로 안 믿는 자들과 다르다고 할 수 있다.

그런, 어려움은 왜 오는 것일까? 뭔가 바란스가 안 맞기 때문에 오는 것이다. 자연의 법칙에는 그 흐름이 있다. 그 흐름을 역행하면 힘들어지는 것이다. 예를 들어 물줄기를 거슬려 올라갈 때 힘든 것과 같은 이치다.

때때로 교인들이 기도 할 때 기도 응답에 대해서 방황하는 경우가 있다. 그것은 자신의 의지와 성령의 인도하심의 충동 때문에 일어나는 현상이다. 현실 세계에서 영은 어떤 상황 속에서도 전혀 영향을 받지 않는다. 그러나 육신은 철저하게 영향을 받는다. 그래서 때때로 성령의 인도하심에 갈등할 때가 있다.

특히, 부부간에, 믿음의 형제자매들이 기도할 때 그런 예가 있다. 서로 각기 다르게 "응답받았다."라고 하지만, 하나님은 응답을 분산시켜서 주시지 않는다. 그럼 뭔가? 둘 다 하나님의 뜻이다. 하나님의 영광을 위하여 일하는 것도 하나님의 뜻이고, 가정이나 단체를 위하여 일하는 것도 하나님의 뜻이다. 그러나 시간이 흐름에 따라 하나님께서 정리 정돈하시는 것을 보면 협력하여 선을 이루도록 하시는데 하나님의 영광을 위하여 결론을 내리신다. 정말 하나님의 응답이라면 담대하다. 어떤 유혹과 비방이 따라온다 할지라도 흔들리지 않는다. 타협은 더더구나 있을 수 없는 일이다. 그러나 서로가 응답받은 대로 성령의 인도하심을 따라가면 된다.

하나님이나 사람이나 불쌍히 여기는 마음은 아마 같다. 그 마음은 하나님에게서 온 것이기 때문이다. 인간이 인간을 보기에 불쌍히 여긴다면 하나님께서도 불쌍히 여기신다. 처음에는 어떤 기도제목을 놓고 서로 응답이라 하여 평행선을 그으며 가지만, 점점 시간이 흐름에 따라 하나님께서 원하시는 뜻이 무엇이라는 것을 깨닫게 된다. 그리고 협력하게 된다.

그러므로 주님의 응답을 받을 만한 그릇을 준비해야 한다. 하도 많이 들은 말이라 귓전에서 흐르고 지나갈지도 모른다. 그러나 그릇이 되어야 하는 것은 누구나 다 마찬가지다. 흘러 지나가든 거쳐 지나가든 그릇이 되어야 하는 것은 불변의 법칙이다. 그릇이 쓸 만해야 그곳에 필요한 것을 담을 수 있다. 무엇을 해야겠다는 확고한 마음을 가져야 한다. 그것이 불분명하면 안 된다. 그 마음이 어떠하다는 것은 그 위인이 그렇다는 표현이다. 그의 말을 들어보면 안다. 그가 어떤 행동을 할 것인가를 결정짓는 것은 그의 말이다. 어떤 고백을 어떻게 하느냐에 따라 그의 행동이 영향을 받는다. 누구든지 하나님의 말씀에 맞게 말할 줄 안다면 하나님께서 우리의 삶을 향상하실 것이다. 반대로, 우리가 하나님의 말씀과 모순된 말을 한다면 하나님께서는 우리의 삶을 보호하시려는 말의 능력을 저하시킬 것이다. 그렇게 되면 하나님께서 우리를 위하여 예비하신 은혜와 복 받을 기회를 놓치게 된다.

늘 강조하는 말이지만, 우리 앞에 축복의 강은 철철 넘쳐흐르고 있다. 그 흐르는 물줄기를 볼 수 있어야 하고. 보인다면 그 물줄기에서 내가 원하는 만큼의 복을 퍼올 수 있어야 한다. 퍼올릴 수 있는 것이 바로 그릇이다. 조그마한 그릇 가지고는 내가 원하는 것만큼 얻을 수 없다. 그것이 내가 누릴 수 있는 복의 한계이다. 그 이하도 그 이상도 아니다. 그만큼만 받고 누리는 것이다. 거기에 만족해야 행복을 느낄 수 있다. 그러나 인간은 만족하지 못한다. 그래서 더 큰 복을 받기를 원한다. 그렇다면 그릇을 만들어야 한다. 내가 원하는 만큼 퍼올릴 수 있는 그릇을 만들어야 한다. 알아지고 깨달아졌다면 복 받을 수 있는 과정의 절반은 이룬 것이다. 말씀이 나의 가슴에 와 닿은 것으로 응답이라는 고지를 점령할 수는 없다.

하나님께서 어떤 비전이나 뜻을 이루시기로 약속하셨다 치자. 그다음은 어떻게 해야 하나? 가만있으면 되나? 아니다. 그 말씀이 나를 통하여 역사하도록 해야 한다. 다시 말해서 말씀의 역사가 이루어지도록 하는 추진력이 있어야 한다. 그것이 기도다. 말씀을 붙잡고 기도할 때 성령께서 주신 말씀이기 때문에 그 말씀의 성취하는 길을 가르쳐 주신다. 그러면 그 길로 가면 된다. 그것이 그 사람의 그릇의 모양이다. 그러나 문제는 그렇게 기도했더라도 순종하지 않으면 아무 소용없다. 순종이 뭔가? 어떤 명령에 자기의 의지를 드러내지 않고 순순히 따라 하는 것이 아닌가? 말씀도 주시고, 기도를 통하여 방법도 알려주셨다면 남은 것은 순종이다. 그래, 순종이 문제다. 순종은 믿음이 있어야 가능한 것이다. 밥이랑 국이랑 다 갖다 주고 "밥 먹어라." 했더니 숟가락이 맘에 안 든다고 하면 어떻게 하나? 숟가락 정도는 본인이 사용해서 먹을 수 있어야 하지 않을까?

촛 불

세상은 스스로 타락하여
어두운 밤이 되어가고
길 밝혀줄 등은 빛을 잃어 탁하다.

손에 들려진 등은 어두운 길을
밝히지 못하고 지리멸렬하여
주어진 사명 감당 못하였다.

보라
자신이 태워져
만신창이 되는 것을 마다하지 않았다.

단 하나의 목적을 위해
애통하는 마음 가눌 길 없어
이 밤도 뜨거운 눈물을 흘리고 있다.

그대 보았는가? 느끼는가?
몸부림이 농이 되어 흐를 때
우리 모두의 생이 새롭게 살아난 것을….

소
망

당신은 행복하십니까?

사람은 누구나 행복하기를 원한다. 우리가 찾는 행복은 어디에 있는 가?

각자 생각하는 행복은 다르다. 어떤 사람은 일에서 행복을 찾고, 어떤 사람은 휴식에서 행복을 찾고, 또 다른 사람은 다른 사람과 함께 어울림 속에서 행복을 찾는다. 아니면 혼자 있을 때가 가장 행복하다고 하는 사람도 있고, 또 물질이 넉넉함에 행복하다고 하는 사람도 있고, 어떤 시인은 의식을 잃을 때까지 술을 마시는 것이 행복하다고 하기도 한다.

각기 다른 환경과 생활 속에서 느끼는 행복은 다를 수밖에 없다. 그렇다면 나는 어디에 속한 것일까? 나는 어디서 행복을 찾을 수 있는가? 한번 옆에 있는 사람에게 "당신은 행복하냐?"라고 물어보라. "그렇다."라고 자신 있게 대답하는 사람이 뜻밖에 적을 것이다. 그것은 아마, 생각보다 쉽게 얻을 것 같으면서도, 생각보다 쉽게 얻을 수 없는 것이 '행복'이기 때문이다.

옛날에 이런 이야기가 있다. 어느 나라 왕이 오랫동안 병으로 고생하는데 신하 한 사람이 그 병을 고치려면 행복한 사람의 속옷을 구해 입으면 낫는다고 하였다. 그래서 왕은 전국에 행복하다는 사람을 찾아 그의 속옷을 가져오라고 하였다. 그러나 전국을 다녀도 행복하다고 하는 사람을 만나지 못했다. 그러던 어느 날 신나게 노래를 부르며 가는 목동을 만나게 되었다. 그 목동은 남루한 옷을 입고 있었다. 신하는 그에게 "당신은 행복하십니까?"라고 묻자 그 목동은 "이 세상에서 나만큼 행복한 사람은 없을 겁니다."라고 대답했다. 신하는 반가워서 "당신의 속옷을 내게 주시고 그 상당한 값을 드리리다." 그러자 목동은 난처한 표정을 지으며 "나같이 가난한 사람이 속옷이 어디 있습니까?" 하면서 남루한 겉옷을 들춰보니, 그는 알몸 그대로였다. 진정한 행복은 어디 있는가? 고대황실, 온 나라를 지배하는 왕이 행복하지 않은데 속옷 하나 없는 목동이 '나 보다 행복한 사람은 없을 것'이라고 한다.

당신의 마음은 어떠한가? 진정으로 행복하다고 생각하는가? 하나님의 음성을 듣기 위해, 위로받기 위해 하나님을 부르며 찾으며 갈급해 본 적 있는가? 이러한 경험을 해본 사람이라면 이 세상에서 우리를 기쁘게 하는 것이 우리를 위로하는 것이 물질이 아니며, 권세도 아니며, 학문도 아니라는 것을 알게 된다. 인간은 이 땅에 존재하지만, 이 땅의 것으로 만족할 수 있는 존재가 아니다.

육은 육으로 통하고, 영은 영으로 통하고, 물질은 물질로 통한다. 그러므로 눈에 보이지 아니하는 영혼의 갈급함을 눈에 보이는 물질적인 것을 가지고 채울 수 있겠는가? 평생을 두고 노력해 봐도 물질을 가지고 영혼의 만족을 누릴 수 없다. 가난한 사람들과 넉넉한 사람들 중에 누가 더 자살을 많이 하는가? 대부분 넉넉하다고 하는 사람들이다.

지난 2005년도에 탤런트 최○○이 재산 35억 원을 남겨놓고 죽었다. 그 해에 자살하는 사람들이 많았다. 미모에 돈까지 가졌다면 뭇 남성의 가슴을 두근거리게 하기에 충분하지 않을까? 그런 우리나라 최고의 여배우가 어느 날 싸늘한 시체로 사람들 앞에 나타났다. 왜 그렇게 나타나야 했을까? 그녀의 유언에는 행복하지 않다고 했다. 물질세계에서는 물질로 문제를 해결할 수 없었기 때문이다. 그러므로 육이 행복을 느끼는 것은 진정한 행복이 아니다. 진정한 행복은 영혼의 만족함이다.

나와 함께 내 속에 있는 또 다른 나, 그가 행복을 느껴야 진정한 행복이라 말할 수 있다. 모든 것이 넉넉한 시대에 사람들이 행복하지 않다고 하는 것은 감각적으로 시각적으로 느끼고 보는 것으로는 만족하지 않기 때문이다. 그래서 자신의 존재가치를 인식하지 못하면 대의가 없어지고, 용기가 없어지고 비겁해진다. 살아야 할 명분이 약하기 때문이다. 명분이 분명하지 않으면 힘이 없다. 그렇다면 사람의 명분은 무엇일까? 사람답게 사는 것이다. 세상의 빛이며 소금의 역할을 하는 것이다. 이것이 인간의 삶의 명분이다. 이 명분을 잃어버리니까 넘어지고 좌절하며 행복을 잃어버리는 것이다.

능금의 유혹

너에게
입맞춤하고 싶구나
너의 향취는
포도주보다 감미롭고

너의 향내 나는
아름다움은
너를 아는
모든 이의 그리움이라

너를
연모함으로
너의 눈길 피하지 못해
포로가 되었고

너의 미소는
깊숙한 따스함이라
너는 모든 것을 가진
능금 꽃

너는 나의 영혼을
요구하는구나

운명과 삶은 개척하는 것

이제는 반영구적으로 기록이 남는 시대가 되었다. 인터넷 문화가 활성화되면서 저장 기술도 뛰어나 10년, 20년 전의 이야기가 자신의 삶을 송두리째 빼앗아 가는 일이 벌어지고 있다. 2002년도 집창촌 이주 때 버스에 타고 가는 윤락녀들을 일본강점기 때 일본군 위안부들도 저렇게 가지 않았겠느냐고 한 말이 화근이 되어 출연하고 있는 지상파 방송 모두에서 하차하는 방송인이 생겼다. 본인은 그때 자신이 그런 말을 했는지조차 모르는데, 어느 네티즌이 그것을 찾아낸 것이다.

이런 모습을 보면서 하나님의 나라에서는 우리들의 삶의 모든 행위가 기록된다는 말이 실감 난다. 그리고 그것이 가능하다는 결론이다.

성경에는 "또 내가 사망으로 그의 자녀를 죽이리니 모든 교회가 나는 사람의 뜻과 마음을 살피는 자인 줄 알지라. 내가 너희 각 사람의 행위대로 갚아주리라계2:23."고 했다. 하나님은 사람의 뜻과 마음을 살피시는 분이라고 한다. 이 말은 사람이 무슨 생각을 품고 계획하고 있는지를 다 안다는 것이다. 그래서 그 행위대로 갚아주시겠단다. 정말 하나님은 전능하신 분이시다. 살아가면서 이와 같은 일들을 깨달을 때마다 정말 하나님의 존재가 얼마나 위대하고 또 위대하신 분인지를 실감한다. 그분이 우리를 영원한 천국으로 이끌어 가신다는 것을 어찌 의심하겠는가?

그러니 이 땅에서 억울한 일을 당하였다면 인터넷에 올려놓고 기다렸다가 필요한 때에 찾아서 사용해도 되겠다는 생각을 해본다. 개인적으로는 보관하는 것은 물론이고, 인터넷상에서도 얼마든지 가능하다. 그러니 무엇을 조심해야 하는가? 말을 조심해야 한다. 남에게 피해를 주는 행동도 삼가야 한다. 지금은 상대방이 당하였을지라도 시간이 흐르면서 상황이 바뀌게 되었을 때 그것으로 인하여 인생을 망치는 일이 일어날 테니까 말이다. 19대 민주통합당 국회의원 후보로 공천받았던 김○○이라는 사람이 막말 사건으로 낙선된 것도 몇 년 전에 했던 여성비하 내용이 문제가 된 것이다. 물론, 그때는 그런 말을 할 수 있는 조건이 되었고, 그런 말을 할 만한 사건이 사회에서 일어났다. 그런데 그때는 별말이 없었다. 그런데 그것이 몇 년 지나면서 부메랑이 되어 자신을 치고 죽이는 무기가 된 것이다.

아, 말조심, 행동조심 하자. 괜히 뒤통수가 당긴다. 페이스북이나 카카오톡이나, 어디든지 글을 올리고 참여하기가 두려워진다. 혹시나 나에 대해서 좋지 않은 감정을 가진 사람이 본심이 아니더라도 장난삼아 비방하는 글을 올리면 그 글은 평생 나를 따라다닐 것이 아니겠는가? 성경에 의인은 없나니 하나도 없다롬3:23는 말씀과 같이 행여 어떤 비방이라도 올려진다면 결코 좋은 이미지의 모습은 아니다. 착한 말을 하

자. 사랑스러운 말을 하자. 얼마나 좋은 일인가? 좋은 말, 착한 말을 하면 몇백 년이 지나도 문제 될 것 하나도 없다. 아슬아슬한 스릴 좋아하지 말자. 그것이 썩은 동화 줄로 생명줄이 되어 아슬아슬하게 살아갈지도 모른다.

지난 3월에 인터넷 뉴스를 보니까 한국인 가운데 60% 이상이 운이 경력에 영향을 미친다고 생각한다는 설문 조사 결과가 글로벌 SNS를 통해 나왔다. 이는 조사 대상 국가 중 일본 다음으로 높은 수치다. 또 '커뮤니케이션 능력이 운을 부른다'는 인식을 가진 것으로 나타났다. 그래서 자신이 근무하고 있는 부서에 오게 된 것도 '운이 좋았다.'라고 생각하고 있다. 자신의 실력으로 마땅히 이 자리에 온 게 된 것으로 생각하지 않고 운이 좋아서 이 자리에 온 것으로 생각하는 사람이 61%나 된다고 하니, 직장인 절반이 넘는 사람들 마음속에 요행을 바라고 있다는 것이다.

이런 현상은 아직도 우리나라 젊은이들이 부모로부터 또는 주변으로부터 샤머니즘 사상을 물려받고 있다는 것이다. 성경 말씀은 운명을 개척해 나가는 것이라고 한다. 그러므로 운명을 개척해 나가기 위하여 갖추어야 하는 자격이 있는데, '커뮤니케이션 능력, 최고가 되고자 하는 노력, 유연성, 탄탄한 인맥, 실수로부터 배우는 자세' 등을 갖추어야 한다. 이렇게 자기 자신을 개발해 나갈 때 운명은 좋게 작용한다. 성경에 보면 갈렙이라는 사람이 가나안 땅을 점령하여 터를 잡고 있을 때, 난공불락의 요새와 거인들이 사는 헤브론을 아무도 점령하지 못하고 있을 때, 여호수아에게 청하기를 "이 산지를 내게 주소서수14:12." 하므로 여호수아가 허락하였고, 그때 갈렙의 나이 85세였지만, 그 땅을 싸워 쟁취하였다. 이렇듯, 운명은 그 삶은 개척하므로 달라지는 것이다. 시대에 맞는 지혜로움과 용기 있는 자만이 자신의 삶을 윤택하게 할 자격이 있다.

자연의 섭리

모든 것은 폭풍의
전야처럼 숨을 죽였고
밤새 내리쏟던 빗줄기는
안개를 남기고 갔다

경험 많은 그는 자연스럽게
상처 난 곳을 어루만지며 위로하더니
나뭇잎 사이로 비치는 햇살에
온화한 미소를 남기며 갔다

풀과 나무들은
아름다운 옷으로 갈아입었고
구름은 청아한 푸른빛에
연회색 망토를 두르고 있다

전의를 불태우던 숲들은
또다시 용맹스럽게 포효하고
졸졸졸 계곡물은
용사 앞에 겸손하다

만물의 영장들이
기지개를 켜자 바람은
그들에게 신호를 보낸다
역동하는 심장의 엔진 소리가 들린다

성공과 행복

숲에서 노래하던 종달새가 작은 통을 들고 오는 사람을 보고 물었다. "그 통 속에 뭐가 들어 있나요?" 그러자 사람은 "맛있는 벌레란다. 네 깃털 하나만 주면 벌레 한 마리를 주겠다."라고 하자, 종달새는 깃털을 뽑아 주고 벌레를 받았다. "이렇게 쉽게 먹이를 구할 수도 있는데 일을 해서 뭐한담." 그렇게 생각하고 여러 날이 지나자 벌레와 바꿀 깃털이 하나도 남지 않게 됐다. 이제 종달새는 날 수도 없을 뿐 아니라 흉한 자기 꼴을 보고는 노래를 부를 수도 없었다. 이 종달새처럼 우리는 값비싼 대가를 치르고 나서야 비로소 성공으로 가는 바른길을 찾는지도 모른다. 어떤 사람은 "성공하기 위해서는 행복을 포기해야 한다."라고 한다.

그러나 진정한 성공은 행복이 수반되어야 한다. 성공이라는 것은 일단 다른 사람이 나를 그 분야에서 그만큼 인정해 주고 있다는 표시이다. 그렇다면 사람들이 '성공했다'라고 하는 기준은 어디에 둬야 할까? 어떤 사람은 이 세상의 것을 추구하지 않아야 행복하고 성공한 사람이라고 한다. 또 어떤 사람은 이 세상은 이 세상의 것을 많이 소유하여야 행복하고 성공한 것이라고 한다.

근래에 들어서 성공했다는 사람들의 이야기를 강사들이 분석해서 강의하는 프로그램이 있어 즐겨 접하고 있다. 또 나름대로 성공했다고 하는 사람들의 삶의 모습을 조명할 수 있어서 내 내면의 성숙에 큰 도움을 주고 있다.

국제 구호단체의 한비야 팀장이 인터뷰하는 것을 보았다. 당시 나이가 52세라고 한다. 그녀는 우리나라 돈 몇십 원이면 한 생명이 살아 숨쉴 수 있다고 한다. 세계 곳곳의 도움이 필요한 곳이라면 어디든지 달려간다. 아직도 시집을 안 갔다. 처녀의 몸으로 오지의 향해 간다. 그런데 그의 말과 행동과 표정은 참으로 밝다. 우리는 그녀를 기억한다. 또 엄홍길 산악대장에 대한 강의를 들은 적이 있다. 히말라야 16봉우리를 세계 최초로 모두 정복한 사람이다. 그 사람을 향하여 우리는 스타라고 한다. 그리고 그들의 이야기를 듣기를 좋아한다. 그는 남들이 잘 가지 않는 눈 덮인 산을 찾아간다. 언젠가는 동료가 그곳에서 조난당하여 줄에 매달려 죽어 있는 것을 가서 데려오기도 했다. 또 이상묵 교수의 이야기를 들었다. 그는 목만 살아있고, 나머지는 모두 감각이 없는 사람이다. 교통사고로 인하여 식물인간이 되었다. 그런데 신기하게 목만 살았는데도 생각할 수 있고 말할 수 있다. 한국의 스티브 호킹 박사라는 애칭을 듣고 있다. 그런데 그가 하는 말은 "요즘이 더 행복하다."이다. 사지가 다 병신인데 뭐가 행복한가? 그런데 그들은 세상에서 말하는 스타가 되었고, 많은 사람이 그들의 이름을 기억하고 선망의 대상이 되었다.

이런 사람들은 과연 세상적인 부와 영화가 있는가? 그들의 하는 일들이 돈 많이 버는 일들인가? 아니다. 그런데도 그들은 행복해한다. 그것은 왜 그럴까? 나름대로 성공의 기준을 만들어봤다. 그것은 아주 간단하다. "내가 좋아하는 것을 하면, 또 하고 있으면 그것이 곧 행복이고 즐거움이고 보람이고 그것이 곧 성공이다." 그 외 많은 사람들을 둘러본다. 그래, 그들 역시 자기가 하고 싶은 것을 어렸을 때부터 목적을 삼고 그 일만을 위하여 최선을 다하여 달려갔다. 그리고 지금의 모습을 만들어냈다. 인생의 아름다운 열매이다. 누구도 흉내 낼 수 없는 자신만의 향기를 물씬 품어내는 열매이다.

이 사람들을 보면서 느끼는 공통적인 것은 좌절하거나 실망하지 않았다는 것이다. 앞이 캄캄하고 한 치 앞도 내다보이지 않는 상황 속에서도 희미한 한 줄기 빛이 있다면 그곳을 향하여 전진하고 또 전진했다는 것이다. 우리네 인생은 하루하루가 전쟁이고 투쟁이다. 육체적인 아픔으로 인한 전쟁이며, 마음의 아픔으로 인한 전쟁이며, 원만하지 못한 인간관계로 인한 전쟁이고, 환경과의 전쟁이며, 내 마음과의 전쟁이다. 하나를 물리치면 또 다른 적이 기다리고 있는 현실 속에서 뒤로 물러서지 않는 것이 성공의 기본모습이다.

영국의 시인 골드 스미스는 "우리의 최대의 영광은 한 번도 실패하지 않는 것이 아니라 실패할 적마다 일어나는 데 있다."라고 했으며, 제임스 존스라는 사람은 "영웅이 참으로 위대한 것은 한 번도 절망하지 않는 것."이라고 했다. 그리고 성경에는 "강하고 담대하라. 내가 너와 함께 함이라."라고 했다. 이 사회에 그런 삶을 사는 사람들로 많았으면 좋겠다.

시간은 스승을 싣고

요즘은
모든 일에서
깨닫는 것이 많다

쭉 뻗은 길
다니기는 좋은데
순간의 판단으로 적지 않은
시간과 수고를 쏟아붓는다

지금도 시간은
세상의 많은 스승을
태운 체 달려가고 있다

눈을 크게 뜨자
그중에는 인생에 결정적으로
영향력을 미칠 수 있는
사람과 사물과 환경과 조건이 있다

그것을 깨닫는 것이 바로
세상 스승의 가르침이다

일본과 우리 사이

　우리는 섬과 대륙을 잇는 반도 대한민국이라는 땅에 태어나 살고 있는 자들이다. 나라의 지역상 반도이기 때문에 남의 나라의 속박을 많이 받았다. 과거에 우리나라를 지배하던 대륙이나 섬사람들이 우리를 무시하는 언행들을 대할 때가 있다. 아직도 우리나라를 약소국가로 인식하고 있기 때문이리라. 그런데 그들이 독도가 자기들 땅이라고 한다. 8년 전부터 정책적으로 자기들 나라라고 세계 여론을 움직여왔다. 이제는 그것이 사실인 양 공식화하고 있다. 그렇게 되도록 안일하게 대처한 것이 문제다. 그것은 나라에 힘이 없기 때문이다. 우리는 영원히 잊지 못할 아픔을 끌어안고 살아가는 민족이다. 아직도 세계 유일의 분단국으로 남아있다. 그런데 그들이 지금 우리나라를 우롱하고 있다. 참을 수 없는 인격 내지는 나라의 위상을 추락시키는 발언을 일삼고 있다. 우리는 36년의 식민지 시대를 기억하고 있다. 그런데 이들 섬나라와 대륙의 나라들 사이에서 신음하는 우리나라를 지켰던 연합군의 대표 미국은 과거에 자기들과 전쟁했던 일본과 우리나라를 사이에 두고 손익을 계산하고 있다. 아! 슬프다. 언제 그 굴레에서 벗어나겠는가? 한 때의 좁은 식견에 나라를 두 동강이 낸 그 아픔이 가시지 않고 있는데, 이 땅, 이 조국이 노예의 국가로 신음하던 일들이 아직도 우리의 가슴에 응어리져 있는데, 아직도 지난날의 꿈에서 깨어나지 못하고 잠꼬대를 하는 자들이 있기에, 그때 억울하게 죽어간 영혼들이 더욱 귀하게 여겨진다. 아! 가슴이 메어진다.

조국의 독립을 위하여 죽어간 애국선열들이 후손들에게 남겨준 모습은 얼마나 용감하고 지혜로웠던가? 그 후손인 우리가 하여야 하는 일은 나라에 힘을 기르는 것이다. 누구도 무시하지 못할 강력한 힘을 기르는 것이다. 나라를 위하여 죽어간 영혼들의 희생을 잊어서는 안 될 것이고, 어느 때보다도 더 강력한 민족의식이 새롭게 정립되어야 할 때이다.

우리는 월드컵을 통하여 한 민족이 힘이 얼마나 강한가를 알았다. IMF를 통하여 민족의 응집력이 얼마나 강한지를 알았다.

지금은 하계올림픽을 런던에서 하고 있다. 우리나라 선수들이 역대 최고의 실력을 나타내고 있다. 무엇보다도 광복의 달에 올림픽 축구 3, 4위전에서 이긴 것이 광복의 선물로 우리의 가슴을 시원하게 한다. 우리나라 사람들의 마음속에는 나라를 빼앗기고 나라 없는 민족으로 살았던 아픈 기억을 지우지 못한다. 어떤 사람들은 옛날이야기고 이제는 새로운 마음으로 협력관계를 이어가야 하지 않겠느냐고 한다, 시대의 흐름 속에 맞는 말이다. 그러나 아무리 지우려 해도 지워지지 않는 한이 있다. 그것은 인위적으로 잊고 싶어서 잊히는 것이 아니다. 때가 되매 자연스럽게 치유되어야 하는 것이다. 이번에 런던에서 일본과 3, 4위전 축구를 할 때 마음이 어떠했는가? "아무나 이겨라. 그게 나하고 무슨 상관 있냐?" 하고 무관심했던 사람 있는가? 아마 아무도 없을 것이다. 브라질에 져서 결승전에 못 나간 것이 아쉬운 것이 아니라 우리의 더 큰 관심은 일본에 이겨야 한다는 것이다. 그리고 이겼을 때, 결승전에서 이긴 것 같은 흡족한 마음이 있었다. 바로 이와 같은 응어리가 우리 민족의 가슴 속에 자리 잡고 있다. 그래서 무조건 일본에는 이겨야 한다는 것이다.

엊그제 뉴스에 우리나라 대통령이 독도에 갔는데, 일본에서 그것을 시비를 걸고 본국 대사를 소환하고 국제 재판소에 제소하겠다고 한다. 우리가 지금까지 살아오면서 독도가 일본하고 분쟁하는 땅이라는 생각을 한 번도 안 해봤다. 약 8년 전부터 은근히 독도가 자기네 땅이라고 하더니, 이제는 완전히 명분화시켜서 정말 자기네 땅인 것처럼 하고 있다.

"여호와께서 집을 세우지 아니하시면 세우는 자의 수고가 헛되며 여호와께서 성을 지키지 아니하시면 파수꾼의 경성함이 허사로다시127:1." 라고 한 것처럼, 하나님을 믿는 우리가 이 나라를 위하여 어떻게 해야 하는가? 하나님의 능력을 믿고 의지하여 늘 하나님께 이 나라의 안녕을 위하여 기도해야 한다.

건망증

금방 생각했었는데
차를 타고서야 생각이 난다

3층까지 갔다 오면서
고달픈 내 육신이 화를 낸다

가만히 있다가 꼭,
다른 일 하려면 떠오른다

할 수 없다 육신의
고달픔으로 수용하는 수밖에

미움의 형성

  우리 인간은 죄악을 간직하고 이 세상에 태어났다. 그러므로 죄와의 싸움은 여유를 가지고 싸워야 하는 것이 아니고 그리스도인으로서 마땅히 해야 할 싸움이며, 이 싸움이 깊으면 깊을수록 깊은 영성을 소유하게 된다. 크리스천의 투쟁은 이기적인 나를 위한 욕망이 아니라 '나는 왜 이러나?'의 몸부림이어야 한다. 나에게 평안이 임하지 않는 것은 하나님의 은혜가 없어서가 아니라 작은 선도 하지 못하는 나의 연약성 때문이다.

  자신을 돌아볼 때 어떤 선한 일을 하였나? 하루를 살아가기 위해 눈을 뜨고 밖으로 나가기 전에 집안 식구들과의 대화 속에서 어떤 대화가 오고 가는가? 사랑스러운 말과 눈빛이 오고 가는가? 먼저 일어나 식구들을 위하여 준비한 식사가 소중하고, 그것을 가족들에게 제공해줄 수 있다는 것에 감사하고 있는가? 아니면 늦게 일어나 눈곱을 떼면서 밥상 앞에 앉아 그것을 준비한 사람의 마음을 읽고 감사한 마음으로 식사하는가? "수고 했어."라는 말 한마디라도 할 수 있는 여유가 있는가? 이렇게 하는 것이 당연하다는 식으로 아무렇지도 않은 마음으로 식사를 한다. 오고 가는 대화도 하루를 살아가면서 또는 어제 늦게 일어난 일에 대해서 좋은 모양으로 대화하는 것이 아니라, 헐뜯고 비판하는 것으로 시작하여 식사가 끝날 때까지 기분 좋게 다 뜯고, 일터에 나가서도 특별하게 하는 일도 없고 요즘 불경기라 되는 일이 없다는 생각에 그냥 시간만 축내고 있다. 이런 것들이 영혼을 병들게 하는 것 아닌가?

도무지 자기 자신을 돌아볼 기회가 없고, 돌아본다 할지라도 특별히 어떻게 해야 한다는 계획을 세울 수도 없고, 세워지지도 않는다. 그냥 뭔가 모르게 답답할 뿐이다. 이와같은 때에 해볼 수 있는 것은 묵상이다. 자기 자신을 돌아볼 수 있는 것은 자기만의 시간을 갖는 묵상기도가 필요하다(자신의 연약함을 인식하고 변화의 필요성을 느끼는 자에 한해서). 사람이 이기심에 빠져 있거나 감정과 번뇌 속에 있을 때에는 자기 자신의 모습이 잘 보이지 않는다. 자신을 인식하고 묵상을 하며 고요한 가운데 자신의 모습을 보면 진짜 모습의 모습이 비춰진다.

잡념이 걷힌 의식의 수면으로 자신의 아집과 감정과 욕망, 한없이 연약한 자신의 모습이 드러난다. 대개, 농부와 같이 자신의 몸을 써서 일하며 살아가는 사람들이 대부분 양심적이다. 그러나 말하기를 좋아하고 말을 많이 하는 사람들은 자기 자신을 정확하게 보기가 어렵다. 그래서 묵상하며 자기가 맡은 바 일에 최선을 다하고자 하는 마음을 가져야 한다. 자기를 볼 수 있는 좋은 시간이기 때문이다.

누구를 미워하게 되는 것은 내가 그로 인하여 억울하다는 생각을 느끼거나 억울함을 당한 때다. 그 좋은 예가 성경에 기록되어 있다. 이삭의 큰아들 에서는 동생 야곱에게 억울함을 당하였다고 느꼈다. 그것은 하나님과 아버지의 축복을 빼앗아 갔다는 것이다. 그래서 그를 죽이리라는 다짐을 한다. 이와 같은 모습은 오늘날 사람들 가운데 나타나는 현상인데, 예수 믿는 사람이라 할지라도 아직까지 세상 유혹에서 벗어나지 못한 자의 모습이다.

이와 같은 모습은 아담과 하와에서부터 시작되었다. 그들이 뱀의 형상을 한 사단의 유혹에 하나님 말씀을 거역하여 하나님의 은혜에서 멀어졌고, 그렇게 된 것이 상대방 때문이라는 마음이 자리 잡기 시작하였다. 그리고 그 마음이 유전되어 자식들에게 전이되어 내려갔다. 아담의 큰아들 가인은 동생 아벨을 미워함으로 말미암아 돌로 쳐 죽이는 일이 일어났다. 그것이 쭉 계승되어 이삭의 아들 에서에게로 내려간 것이고 오늘날 인류의 모든 사람에게 유전되어 있다. 누구든지 미움이 싹트기 시작하면 모든 잘못의 원인을 타인에게 전가한다.

모든 사람들은 미움을 경계해야 한다, 미움은 타락한 본성이기 때문에 미움이 자리 잡기 시작하면 부정적인 마음을 갖게 되고 그 영혼에 병이 든다. 선입관을 가지기 때문에 늘 마음에 평안이 없다. 미움은 파멸을 일으킨다. 미움은 인류 최초의 살인을 이끌었다. 이때로부터 인류는 전쟁을 시작했다. 인간은 평안하기 위해 전쟁을 원했다. 평화를 위한 평화는 인류에게 없었다. 인류 역사는 피의 역사다. 이것은 결국 인간이 얼마나 서로를 미워하고 헐뜯는가를 보여주는 것이다. 미움은 파괴와 살인의 근본이다. 누구든지 미움을 갖게 되면 파괴적이 되고 마음에 분열을 일으키게 된다. 미움은 사람에게서 믿음과 소망과 사랑을 빼앗아 간다. 그래서 미움을 가진 사람은 부정적이 된다. 미움에 사로잡힌 사람은 반드시 행동으로 나타나게 되는데, 그런 마음으로 무엇을 하고자 한다면 실패로 끝나고 만다.

하나님의 은혜

하나님은 구하는 것 주시지 않고
세상 것 없이도 지낼 수 있는 은혜를 주신다.

하나님은 원하는 것을 이루기 전에
마음을 비우고 지낼 수 있는 은혜를 주신다.

하나님은 내 소원 들어주시지 않았지만
그 소원 없이도 지낼 수 있는 은혜를 주신다.

하나님은 나의 삶을 인도하고 계시지만
불편하지 않도록 은혜를 주신다.

더 나이 들기 전에

한국인들의 생애지도가 바뀌고 있다. 통계청의 발표로는 지금 30~40대가 노인이 될 2040년에는 65세 이상의 고령층이 인구의 30.1%가 되고, 현재 남자 72.8세, 여자 80세인 평균수명은 79.2세, 85.5세로 늘어난다. 반면, 은퇴 시기는 점점 앞당겨져 인생의 3분의 1가량을 노년기로 살게 된다. 빠른 은퇴와 늘어난 수명으로 생애 주기가 달라지는 것이다.

은퇴 후 활동적인 삶이 이어진다면 다행이지만, 준비 없이 노년기를 맞이하면 지루하고 힘겨운 생활을 해야 할지 모른다. 노후대책이란 물질적인 것에 국한되지 않는다. 돈으로도 얻을 수 없는, 할 일을 찾아둬야 한다. 긴 노년의 시간을 어떻게 보낼 것인지를 먼저 생각하고 내가 잘할 수 있는 일을 찾아야 한다. 그 일은 나 자신뿐 아니라 다른 사람을 위해 쓸 수 있어야 한다. 아울러 자녀들이 집을 떠나는 '빈 둥지' 시기가 빨라지고 있다. 두 사람만 남겨지는 시간에 대비해 부부 관계를 점검해야 한다. 또 노년을 함께 보낼 친구를 만들어두는 것도 필수적인 일이다.

자신의 은퇴식을 그려본 적이 있는가? 자신이 수년간 지켜왔던 자리를 누군가에게 내주고 물러나야 하는 시간은 초라하지 않기를 기도하라. 지난 시간 젊음과 열정을 쏟았다는 그 사실은 매우 의미 있는 일이다.

누구나 겪게 될 인생의 황혼을 다룬 영화 『어바웃 슈미츠』는 노년의 삶을 생각하게 한다. 보험회사 부사장으로 은퇴한 주인공 워런 슈미츠가 은퇴와 함께 아내를 사별하고 약 10m짜리 모터 홈 위니 바고 Winnebago를 몰고 딸의 결혼식에 참석하기 위해 네브래스카로 떠난다. 긴 여행을 마치고 집으로 돌아온 그의 마지막 독백은 "과연 내가 누군가의 인생에 어떤 영향을 주었는가?"이다.

그러던 어느 날 그는 우연히 TV 광고를 통해 탄자니아의 한 가난한 소년을 후원하기 시작한다. 이를 통해 그의 인생은 새로운 국면을 맞는다. 소년에게 자신이 보고 느낀 것들에 대한 편지를 쓰며 자신을 새로운 눈으로 돌아보게 되고, 자신의 삶이 결코 실패로만 가득 찬 것이 아님을 깨닫게 된다. 누구에겐가 자신을 줄 수 있을 때 행복을 얻을 수 있다. k일보에 기고된 글인데 공감이 간다.

늘 계절이 바뀌는 모습을 보면서 생각하는 것이 인생의 모습이다. 인간의 삶의 여정도 자연의 한 부분과 같다는 것을 늘 느낀다. 겨울이 올 때에는 인생의 암흑기를 생각한다. 모든 것이 움츠러든 시간 속에 생명이 있는 것은 아무것도 없는 듯하다. 그러나 시간이 지남에 따라 새로운 새싹들이 앙상한 가지마다 솟아난다. 그것은 바로 인간의 부활을 예표하는 것으로 느낀다. 그래서 감사한 마음이 있다.

그래서 노년기는 화해의 시간이다. 자신에 대해서 아무것도 드러낼 수 없는 앙상한 가지의 모습은 어느 누가 와서 어떤 행동을 한다 할지라도 전혀 대항하지 않고 모든 것을 수용한다. 꺾으면 꺾는 대로 불태우면 불태우는 대로 지금까지 살아오면서 마음속에 쌓아온 부정적인 감정들과 화해하는 모습과 같다. 노년기도 그렇지 않은가? 모든 것을 수용하는 모습이 젊었을 때와 다르다. 이해하고 용서하고 감쌀 수 있는 여유로움은 노년의 특권인 듯하다. 그것은 이제 이 세상에 모든 것을 내려놓고 가야 하는 나그네의 모습이다. 아마, 하나님께서 그렇게 하고 오라고 하셨나 보다. 모든 관계회복이 그런 모습인 듯하다.

언젠가 60이 되기 전에 준비해야 하는 일들이 무엇인가를 생각한 적이 있다. 그런데 내 나이가 벌써 내년이면 60이다. 되돌아보면 정말 기억에 남는 일들이 거의 없다. 악다구니로 버티고자 했던 순간들만 머릿속을 스치고 지나간다. 그런 목회자의 말년을 어떻게 생각해야 할까? 나름대로 평생을 하나님께 영광을 돌리며 살아온 것이 감사하다. 인생이 이 세상에 올 때 가지고 온 것은 없다. 빈주먹 들고 왔다가 빈주먹으로 가는 것은 자연의 한 부분과 같다. 이제는 내려놓자. 그러나 생각을 하고 판단을 하고 느끼며, 아쉬움이 있고 미련이 있다 할지라도 때에 따라 그 능력을 필요한 곳에 사용하시는 성령의 인도하심을 기다리자. 이 땅에서 할 일이 없다면 주님이 이리 와서 앉으라고 자리를 예비하셨다니 얼마나 감사한가!

설레이는 마음의 행장

창문 곁을 훑고 지나가는 바람 소리는
그리움에 젖어있는 나의 가슴에
애처로운 울음으로, 아우성으로
짓궂게 흔들고 있습니다.

진작 떨어져 버렸어야 했을
잎사귀 하나가 앙상한 가지에
애처롭게 달려있는 것은
지난 시간의 풍파를 대변하는 듯합니다.

추억이 그리운 지금,
당신과 나의 짧은 만남이
이렇게 가슴 속 깊이 남아 있다는 것은
남다른 인연이기 때문일 겁니다.

추억 속의 한 해가 서서히 저물어 가고
또 다른 한 해가 희망차게 다가옵니다.
오늘 이 새벽에
설레는 마음으로 행장을 꾸려봅니다.

감동이 필요한 때

시대의 변천하는 모습을 보면서 늘 마음 한구석에는 뭔가 허전하다는 생각을 할 때가 있다. 오늘은 구정이다. 구정은 우리나라의 고유 명절이다. 나라마다 그 나라의 고유 명절이 있다. 이때가 되면 마음이 설레곤 했다. 그런데 시간이 흘러 나이 들어가면서 조금씩 설레던 마음이 식어가고 그 자리에 근심과 걱정이 메워지는 것을 느낀다. 올해도 어김없이 구정은 우리 앞에 와 있다.

어제는 아내와 며느리가 명절 음식을 준비하기 위해서 재래시장을 찾았다. 명절 때가 아니고 평일 때에는 할인점에 가서 장을 보는데 꼭 명절 때는 재래시장을 찾곤 한다. 아마 가격 차이 때문인 듯하다.

어제는 엄청나게 추웠다. 영하 17도라고 한다. 그런데 여자 둘만 시장에 보낸 것이 못내 마음에 걸린다. 그래도 어쩔 수가 없었다. 어제는 금요일이었고, 저녁에 예배가 있고, 또 내일 모래 주일날 설교 준비를 해야 하기 때문에 꼼짝도 못하고 마음만 동행했다. 덕분에 저녁에는 아내다리 주물러주는 서비스로 대신했다.

요즘은 감동이 없는 시대라고 한다. 때로는 삭막하다고도 한다. 그러나 그런 마음을 갖는 것은 서민들이나 갖는 것이지, 대부분의 사람들은 그런 마음보다는 마냥 즐거운 날이기도 하다. 공항에 가보면 금방 알 수 있다. 수많은 사람들이 연휴 동안에 해외여행을 간다. 내 나이 60이 되도록 해외여행 한 번 가 본 적이 없다. 해외여행은 고사하고 우리나라 제주도도 아직 한 번 가보지 못했다. 아니, 유일하게 비행기를 타본 적이 있다. 오래전 일이다. 35년 전인 듯하다. 고 박정희 대통령이 시해되던 다음 해 초에 중동으로 돈 벌러 갈 때 3등 칸의 좁은 의자에서 10시간을 넘게 탄 적이 있다. 비행기 날개 옆에 앉으면 밖을 봐도 날개밖에 안 보인다. 그래서 비행기 타고 기억나는 것은 비행기 날개밖에 없다.

요즘은 거의 대부분 대가를 지불해야 제대로 돌아가는 듯하다. 운동경기가 순수한 아마추어라고 해도 거액의 포상금을 걸어야 하고, 등수에 못 드는 선수는 이름이나 얼굴 한번 보기도 힘든 것이 현실이지만, 등수에 들고 금메달이라도 따는 날에는 졸지에 거부가 되곤 한다. 30여 년 전에 홍수환 선수가 카라스기야 선수에게 타이틀을 빼앗아올 때 온 나라는 축제 분위기였다. 무개차를 타고 거리를 지나갈 때 수많은 사람이 나와서 환호하던 영상을 봤다. 감회가 새롭다. 왠지 그런 모습이 순수해 보인다. 좀 어색하기도 하고.

금요일 오후가 되니까 고향 가는 길은 밀리기 시작한다. 오전 근무만 하면서도 연휴 동안 해야 하는 일들을 미리 다 해놓고 서둘러 가는 듯하다. '저렇게 고향 가는 사람들은 얼마나 좋을까?'라는 생각을 해본다.

면회시간을 맞춰 병원에 병문안을 갔다. 교회 집사 한 분이 뇌종양으로 입원했기 때문이다. 평소에 멀쩡했던 사람인데 갑자기 입원하는 것도 놀랐는데, 뇌종양으로 입원했다는 말에 또 놀랐다. 그가 입원을 하면서 한쪽 마음이 무겁다. 그는 교회의 중직이기 때문이다. 만에 하나라도 어떻게 되는 날에는 평생을 식물인간으로 살아갈지도 모른다. 아내와 같이 가서 간절히 기도하고 왔다. 때가 구정 앞이라 수술을 못하고 구정을 그곳에서 보내야 하는 모양이다. 주변을 돌아보니 어려운 사람들뿐이다. 좀처럼 어깨가 펴지지를 않는다. 원인은 한 가지 경제가 풀리지 않고 있기 때문이다.

이럴 때 감동을 주는 일이 무엇일까? 추운 일기 속에서 아무런 희망도 없이 좁은 방에 온 가족이 옹기종기 앉아있을 이들에게, 또는 다른 친구들은 대학교 합격의 즐거움을 누리는데 그렇지 못한 애들을 위해, 아침이면 근처 인력시장에서 날이 훤하도록 서성이는 사람들을 위해, 병원에서 외롭게 치료하고 있는 이들을 위해 웃음 줄 수 있는 일이 무엇일까? 무엇이든 좋다. 무슨 말이라도 해보자. 아니면 그냥 웃어라도 보자.

나에게 소원이 있다면

나에게 소원이 있다면
이 목숨 다하는 날까지
당신의 곁에 함께 있는 것입니다

나의 모든 것은
당신을 위한 것이며
빈껍데기가 되어도 만족합니다

그것이 나의 삶의 희열이며
내가 살아있는 존재의 가치이며
그 어느 것보다도 소중한 것입니다

나에게 소원이 있다면
나의 삶에 동행하는 당신이
나를 향하여 웃어주는 것입니다

나의 마음의 전부는
당신의 기쁨을 위하고
당신의 안위를 위한 것입니다

지금같이 비 올 때에도
바람 불고 낙엽 지고 눈보라 칠 때에도
변함없는 것입니다

인내의 결과

요즘은 계절이 길을 잃은 듯 갔다가 다시 와서는, 잘못 왔다고 느끼는지 도로 갔다가 다시 오기를 반복한다. 계절이 그러니까 봄에 피어야 하는 꽃들이 갈피를 못 잡고 있다. 그래서 평소와 같이 유채꽃도 피고, 진달래도 피고, 개나리도 피고, 벚꽃도 피었지만, 가지 못하고 다시 온 추위 때문에 움츠리고 있다. 자연의 모든 것들은 가야 할 때 가고 와야 할 때 와야 한다. 그것은 인내의 연속이다. 가야 할 때 가지 못하는 것도 문제고, 와야 할 때 오지 못하는 것도 문제다.

우리나라 사람들은 체면을 중시하는 경향이 있다. 아마 오랜 세월의 삶 속에서 잠재적으로 묻어나는 듯하다. 그래서 그런가? 참고 은폐하는 쪽으로 발달하여 누군가가 나의 생활을 엿본다든가, 안다든가 하는 것에 대해서 굉장히 민감한 반응을 나타낸다. 그런 세월의 한스러움이 우리네 부모님들의 삶에 흠뻑 젖어서 이제는 그런 삶을 자식들에게 물려주지 않으려고 한다며 아침에 방송하는 모 시사프로에 나와서 며느리 자랑을 한껏 하는 시어머니의 모습을 본다. 시대가 변했고 변해

간다. 그런데 옛것을 잊어버린 듯 아주 변해가는 모습이 불편할 때가 있다.

새벽예배 마치고 집에서 나오는 시간은 거의 비슷하다. 필자는 집에서 하루 종일 있지 못하는 스타일이다. 어쩌다 몸살이라도 난 듯하여 하루 정도는 누워 쉬면서 '몸을 관리해야 하겠다.'라고 생각했다가도 한나절이 지나가기 시작하면 허리가 아파서 누워있지 못한다.

언젠가 아내가 주변 사람들에게 남편 자랑하는 말을 들었다. "다른 것은 몰라도 참으로 부지런합니다. 그리고 결단력에 대단해요."라고 한다. 지금까지 38년을 같이 살면서 잠시도 쉬지 않고 살아온 듯하다. 목회를 하면서는 더욱 그렇다. 하나님의 부르심에 순종한 지 26년이 되었다. 그동안 여행다운 여행을 가본 적이 없다. 그래도 별 불편 없이 지금까지 잘살고 있다. 가끔 아내가 지나가는 말로 '어디 한번 가 봤으면 좋겠다.'라고 한마디 하곤 한다.

세상에는 정말 열심히 사는 사람들이 많다. 그래서 어디 놀러 가본 적이 없다는 말은 나 혼자만의 말은 아니다.

우리나라가 전쟁의 폐허 속에서 지금과 같이 세계 10위권 안에 드는 경제 대국으로 우뚝 설 수 있었던 것은 목적을 향하여 묵묵히 걸어갔던 인내의 모습이 있었기 때문일 것이다. 이런 모습이 우리나라 안에서만 있는 일이 아니고, 외국에 나가 있는 동포들의 삶 속에서도 마찬가지다.

1902년 3월 22일, 미국으로 향하는 캘릭호에는 미국에 이민 가는 한국의 선구자들이 있었다. 그 세월이 벌써 110년이나 되었다. 이민 110년에 한국민을 향한 미국인들의 시선은 어떠한가? 모범적인 민족이며 그 우수성을 면밀히 보여주고 있다. 그들의 삶 또한 인내의 삶이다. 조상 대대로 이어오던 인내의 흐름이 그들에게도 그대로 이어졌다. 그들이 뿌린 눈물은 밤하늘의 별이 되어 찬란하게 비추었고, 그들의 깊은 숨소리는 밝아오는 새벽의 붉은 태양에 섞인 발동기와 같았다. 누구도 무시할 수 없는 불굴의 의지는 전 세계인의 모범이다.

우리나라 사람들은 하나님을 모르고 살아온 민족인데, 사는 모습을 보면 성경에 기록된 하나님의 말씀과 같게 사는 삶의 모습들이 있다. "예수께서 이르시되 손에 쟁기를 잡고 뒤를 돌아보는 자는 하나님의 나라에 합당하지 아니하니라 하시니라눅9:62."라는 말씀과 같이 지금도 우리는 우리 앞에 펼쳐진 삶의 현실 속에서 뒤돌아보지 않고 달려가고 있다. 힘들고 어렵더라도 우리의 마음은 저 앞에 펼쳐질 목적을 향해 인내하고 있다. 꿈이 꿈으로 끝나게 한다면, 정신을 황폐케 하지만, 꿈을 현실화시킨다면 꿈은 현실과 연결되어있는 연륙교와 같은 것이다.

올해는 여자 대통령이 세워진 해다. 언제 또다시 여자가 대통령이 될지는 아무도 모른다. 박근혜. 그 역시 인내하고 또 인내하므로 지금, 한 나라의 최고 수장의 자리에 있다. 온 백성이 그를 향하여 머리를 조아린다. 그의 말 한마디면 지나간 일도 다시 봐야 하는 권세가 있다. 바로 우리가 모델로 삼아야 하는 인내의 결정체다. 성경에 기록된 인내의 사람은 누구인가? 성경에 기록된 인물들은 하나같이 인내의 사람들이었다. 그들이 처음부터 세상적인 것을 넉넉하게 갖고 인생을 사는 사람들도 있지만, 한 푼도 없이 인생을 살면서 존경받으며 사는 사람들도 있다. 그들에게서 하나의 공통점을 찾는다면, 그것은 인내다. 하나님은 우리에게 인내를 요구하신다. 인내하지 못하는 사람에게 하나님은 칭찬하지 않으시고 책망하신다. 인내는 믿음의 받침대와 같다.

그 받침대 위에 주님은 우리가 간구하는 것을 올려놓으신다. 받침대가 튼튼해야 한다. 그래야 주님 주시는 은혜를 오래오래 간직할 수 있다. 오늘도 현실 속에서 주님께 기도한다. 인내의 사람이 되게 해 달라고….

말은 안 해도 기억납니다

무슨 미련이 남았기에
무슨 아쉬움이 있기에
무슨 생각을 하길래
이 밤도 홀로
잠 못 이루고 있습니까

어디를 가야 하기에
어디를 가려 했기에
어디인 줄 알기에
그토록 발걸음을
옮기지 못하고 있습니까

어떤 약속을 했기에
어떤 눈빛을 보았기에
어떤 말을 했기에
문소리 발소리에
두 귀를 쫑긋이고 있습니까

언제나 다정했기에
언제나 말이 없었기에

언제나 웃어 주었기에
시간이 지날수록
새록새록 기억납니다.

말

하나님은 인간을 당신의 형상대로 지으시고창2:27 당신이 가지고 있는 모든 것을 인간에게 주셨다. 그럼에도 인간은 하나님같이 될 수가 없다. 왜냐하면, 하나님은 스스로 계신 분이시고, 인간은 하나님에 의해 존재하는 피조물이기 때문이다. 그런데 인간이 하나님같이 되고자 한 것은 자자손손 인생에 오점으로 남아 힘들게 하고 어렵게 하고 있다.

그중에서 하나님은 인간에게 말을 선물로 주셨다. 그것은 하나님은 말씀이시기 때문에 하나님의 형상대로 지음 받은 인간에게 주어진 것이 말이다. 그래서 인간은 그 말을 통하여 하나님을 찾고 하나님과 대화를 나누는 것이다.

그 말은 하나님의 말씀의 모형으로 어떻게 사용하느냐에 따라 사람을 죽이기도 하고 살리기도 한다. 이 말이 사용되는 요소는 참으로 많고 우리의 삶 속에 차지하는 비중이 상당히 넓다. 사람은 말을 하지 않고는 단 하루도 살지 못한다. 하이데거는 "말은 생각의 집이다."라고 했으며, 야스퍼스는 "우리는 언어와 더불어 비로소 사유할 수 있다."라고 했으며, 볼노우는 "말은 생각의 통로이다. 즉, 물이 소로를 따라 흐르는 것처럼 생각도 말이 마련한 길을 따라 흐른다."라고 했다.

그러므로 그 사람의 인격을 알아보려면 그의 말을 들어보면 안다고 한다. 사르트르가 자신과 계약 결혼한 보브와르를 두고 "몇백 권 분량의 교육이 소화된 표정에 반했다."라고 했으니 자기 스스로가 만드는 얼굴이나 언어가 있는 것 같다.

또 세조와 성종 간의 학자 금수온^{金守溫}이라는 사람이 있었는데 그도 얼굴이나 언행을 잠시 보고 그 사람이 소학^{小學}만 터득한 사람인지, 사서^{四書}를 통달한 사람인지, 삼경^{三經}까지 익힌 사람인지를 틀림없이 알아맞혔다고 한다. 인간 내면의 충실이 경영 효율을 높인다는데, 이미 옛 선조들은 사람의 심성을 읽었던 것이다.

"여러 종류의 짐승과 새와 벌레와 바다의 생물은 다 사람이 길들일 수 있고 길들여 왔거니와_{약3:7}"라는 성서의 지적같이 세상에 존재하는 모든 것들은 사람의 말에 의해 다스림을 받는다. 유일하게 말의 의해 다스림을 받지 않는 것이 있는데 그것은 바로 사람이다. 그러나 세상의 것은 사람이 하는 말에 의해 필요한 존재로 만들어진다. 그것이 말의 능력이다. 말없이 행해지는 어떤 행동이 무슨 행동인지 구분할 수 있는 것이 곧 말이다. 말은 천하무적이다. 말을 이길 수 있는 것은 이 세상에 존재하지 않는다. 그러므로 말을 다스리면 이 세상을 이기고 얻는 것이다.

그러면 말을 어떻게 다스리는가? 마음을 다스리면 된다. 우리의 생각은 마음에 저장되고 그 저장된 것이 입을 통하여 밖으로 나올 때 비로소 말이 된다. 그러므로 말은 곧 그 사람의 마음의 상태이다. 마음 다스리기를 하려면 어떤 목표가 있어야 한다. 예를 들어, 어떤 분야에 '박사가 되기를 원한다'고 가정할 경우, 어떤 현실 속에서 박사가 되어야 한다는 생각을 했을 것이다. 그리고 그것이 마음에 저장되어 기회가 있을 때마다 스스로 '나는 박사가 되어야 한다.'라는 무의식적인 발아가 시작되면 그 생각이 입 밖으로 나오면서 남들이 알아듣는 말이 된다. 그것이 성숙하면서 그 목적을 이루기 위하여 책도 보고, 사람을 만나기도, 하고 체험을 하기도 한다. 이런 모습이 지속되면서 전에 가지고 있던 마음의 습관들을 제어하기 시작한다. 사람은 살아가면서 수많은 상대를 만나고 수많은 토의와 설득을 하며 설득을 당한다. 그때 상대방의 마음을 움직이고 호감이 가도록 할 줄 아는 최대의 효과적인 자세는 상대방의 말을 들어주는 것이라고 한다.

그러나 마음을 다스리지 못한 사람들의 말은 때와 장소와 상대방의 입장이나 처지는 생각하지 않고 자기 생각대로 말하므로 심한 곤란에 처하는 예가 한두 번이겠는가? 우리 속담에 "고기는 씹어야 맛이고, 말은 해야 맛."이라는 말이 있다. 그러나 요즘은 수입고기가 많아서 씹어봐야 단물 안 나오고 말 많이 해봐야 알아주는 이 없고 입만 아프다는 것을 생각해보자.

올 무

지킬 수 없는
말 한마디
하지 않아도 되었건만

그래도 하고만
부질없는 약속이
올무가 되어

돌아서서
꺼이
꺼이

울 수밖에
없는
안타까움은

밤을 하얗게
지새워도
풀길이 없습니다

다양성의 힘

　현실의 시간 속에 최선을 다하는 삶은 곧 하나님께서 기뻐하시는 모습이다. 하나님의 말씀이 한 번만 우리에게 말씀하시고 끝나는 것이 아니라, 하나님은 끊임없이 말씀하신다. 사람에게 어떤 사건이 다가올 때 하나님은 그 사실을 인간들에게 말씀하신다. 이 세상의 일들은 창조되어 다가오는 것이 아니다. 이미 하나님께서 인간을 위하여 모든 것을 다 만들어 주셨다. 그러므로 세상에 존재하는 것은 더 이상 인간을 위하여 창조의 역사를 이루는 것이 아니라, 과거에 있었던 역사가 우리에게 다가오는 것이다.

　그러므로 세상의 다양성만이 다양성을 이길 수 있다. 그러므로 인간은 다양성을 키우기 위하여 많은 노력을 하여야 한다. 하나님께서 전능하시다고 인간에게 필요한 다양성까지 공급해 주시는 분은 아니다. 그러므로 하나님의 은혜를 등에 입고 이 세상에서 승리할 수 있는 다양한 지식을 갖추어야 한다. 인간이나 기계나 어떤 시스템에서든지 모든 조건이 동일하다면, 가장 폭넓게 반응하는 개인 또는 기계가 그 시스템

을 통제하지 않겠는가?- 1956년 Ashby가 제창한 사이버 네틱 이론

요즘 핸드폰은 다양성의 속도가 엄청나다. 나같이 아날로그가 더 좋은 사람들에게는 디지털이 꼭 좋은 것만은 아니다. 왜 그러냐면 사용할 줄을 모르기 때문이다. 다시 말해서, 아날로그는 그 기능이 다양하지 않아서 그 기능에 대해서 다양하게 알고 있기 때문에 편하다. 그래서 자신감 있게 사용할 수 있는 반면, 디지털은 아니다. 나이 든 사람들은 그 기능에 대해서 다양한 지식을 갖추지 못하고 있기 때문에 불편할 뿐 아니라, 그 기능을 제대로 다 사용하지도 못한다. 이것이 다양성을 갖춘 자와 갖추지 못한 자의 차이점이다.

하나님에 대해서도 마찬가지다. 하나님을 얼마나 많이 만나봤는가? 많이 만나본 것이 하나님의 은혜와 능력이 풍부한 다양성과 비례가 되지 않겠는가? 성경에는 인간에게 필요한 다양성을 기록하고 있다. 성경을 인간에게 주신 가장 큰 이유는 그와 같은 다양성을 통하여 사단이 지배하는 세상 가운데 승리하기를 원하시는 하나님의 깊은 사랑의 마음이 묻어있는 것이다.

어제 『썰전』이라는 종편 방송 프로그램을 통하여 새누리당 김 아무개 의원이 좌장격인 김 아무개 의원에게 보낸 문자가 성능 좋은 카메라를 소유한 기자가 클로즈업해서 찍은 문자 내용이 공개되었다. 아마 그 기자는 첨단 기기를 사용할 줄 알기 때문에 멀리서도 의원이 다른 의원에게 보내는 문자 메시지까지 찍은 것이고, 자기의 신변에 위협을 느낀 국회의원이 선배 국회의원에게 아부성 문자를 보내면서 단속하지 못한 것은 아마 아날로그 시대를 살아가는 국회의원으로서 문화의 발전 속

도의 수용 능력의 한계를 드러낸 모습이다. 다음 날 또다시 기자의 카메라 앵글에 잡혔는데, 선배 국회의원 옆에 짝 달라붙어 웃는 모습이 마치 애완용 강아지 같은 느낌을 지울 수가 없다. 지역 국민의 대변자로 뽑힌 국회의원의 모습치고는 보기가 역겹다. 어쩌면 이런 모습도 살아남기 위한 다양성의 한 부분일 수도 있다.

만약 당신의 행동이 상대방보다 더 다양하고 선택의 폭이 넓으면 그 사람과의 상호작용에서 당신이 통제권을 쥐게 될 것이다, 누군가와 관계를 형성하려면 다양한 대응 방법을 준비하고 있어야 한다. 적자생존 이론에 의하면 자연의 진화에서 다양한 적응 메커니즘을 가진 종일수록 새로운 환경에 유연하게 대응하여 생존확률이 높아진다는 것은 어제오늘의 이야기가 아니지 않은가?

필수 다양성의 법칙을 성공적으로 적응하며 생존하기 위해서는 최소한의 융통성이 필요한데, 그 융통성은 미래의 잠정적인 가능성이나 불확실성에 비례해야 할 것이다.

즉, 어떤 사람이 목표를 달성하려면, 그 사람은 그 목표에 도달하기 위해서는 보다 많은 가능한 방법을 갖는 것이 필요하다는 것이다.

감사와 기쁨

행복한 삶을 살게 하심으로 감사하고
범사에 인도하심을 기뻐합니다

고독하면 주님 만남으로 감사하고
그 음성 들을 수 있음을 기뻐합니다

병들면 돌아보게 하심으로 감사하고
기도 속에 주님 만남을 기뻐합니다

형통케 하시면 베풂으로 감사하고
주의 뜻 나타냄을 기뻐합니다

역경을 통해 단련케 하심으로 감사하고
말씀대로 되어짐을 기뻐합니다

빛과 소금의 길 가게 하심으로 감사하고
주님과 동행함을 기뻐합니다

모든 것이 주의 은혜임으로 감사하고
복되게 하심을 기뻐합니다

건강한 자

이 세상에 건강하다고 하는 사람의 기준을 어떻게 말할까? 아침마다 텔레비전에서는 건강에 필요한 여러 가지 프로그램들이 방영된다. 어떤 사람은 이런 말을 하고, 어떤 사람은 저런 말을 한다. 그러다 마음에 와 닿는 말을 하는 사람이 있으면 그 말이 진리인 것처럼 받아들이고 그대로 하려고 한다.

저녁 늦게 자정쯤에 집에 가니까 아내가 하는 말,

"홍삼이 사람에게 엄청 좋데요."

하면서 그동안 안 먹던 홍삼을 꺼내서 아들하고 자기하고 먹었다고 하면서 나한테도 먹으라고 한다. 홍삼을 파는 집사님이 계셔서 가끔 갖다 주기 때문에 집에 있다.

"나는 매일 먹잖아."

하면서 갑자기 왜 그러냐고 물으니, 텔레비전에서 어떤 의학박사가 나와서 몸에 좋다고 했다는 것이다. 참 이상하다. 그런 이야기는 아주 자주 흔하게 듣던 말인데, 새삼스럽게 호들갑인가 하는 생각이다.

이 세상의 모든 것은 필요한 것을 채워주면 움직이게 되어있고 변하게 되어 있다. 자동차를 움직이는 데에는 연료가 있어야 한다. 연료를 채워야 차를 몰고 가고 싶은 곳으로 갈 수 있다. 몸이 건강해야 하고 싶은 일을 할 수 있다. 아는 것이 있어야 이런 일도 계획하고, 저런 일도 계획할 수 있다. 그러나 그렇게 필요한 것들이 어디서 샘솟듯이 솟아나는 것이 아니라 서로서로 연관되어 있어서 때를 따라 필요한 것을 채우면 된다.

어떤 사람들은 그 필요한 것에 대해서 너무 정결하고 원리원칙(자신이 아는 한계)만을 고집한다. 그래가지고는 필요한 것을 채울 수가 없다. 나는 예수 믿는 사람으로 사람들이 생각하는 것이나 말하는 것을 보면 정말 저렇게 살아가고 저런 생각만을 하고 있을까 하는 의구심을 가진다.

이런 말을 하면, "저 사람 예수 믿는 사람 맞아?" 하면서 거부감을 느끼는 사람도 있겠지만, 나 역시 그런 사람을 보면 똑같다. 왜 그러냐면, 이 세상이 존재하고 인간이 살아가고 있는 동안 절대 악은 없어지지 않는다. 이처럼 악이 주님의 허락하시는 때까지 존재하는 것이라면 그 악을 어떻게 수용하고, 순간순간 어떻게 이길 것인가를 연구해야 하고 같이 동거하는 수밖에 없다. 그래야 악의 속성을 알고 이길 수 있기 때문이다.

세상의 균은 소탕되지 않는다. 건강한 사람은 어떤 균이 침투한다 할지라도 능히 이길 능력을 갖춘 자다. 병원에 가 보면 중환자가 무균병실에 들어가 있다. 이들은 이곳에서 균들과 싸워 이길 수 있는 저항력을 키운다. 건강한 사람은 세상을 마음껏 활보하고 숨도 크게 들이마신다. 해로운 균이 입안으로 들어오는 것에 대해서 신경 안 쓴다. 균이 침투한다면 그때그때 대항할 수 있는 능력이 있기 때문이다.

내 생각과 다르다고 '너는 나의 적이다.'라고 생각하고 경계한다면 그는 연약한 자다. 그러므로 스스로 자기 자신의 내면을 들여다보고 자기 자신 속에 또 다른 자신이 있다는 것을 인식해야 하고 그것을 인정해야 한다. 그런 자가 건강한 자다. 그래야 나를 반대하는 사람을 인정할 수 있고 품을 수 있다.

필자는 길을 가다가 어여쁜 여인을 보면 자꾸 눈길이 간다. 혹은 높은 빌딩 외벽에 외줄에 의지하여 일하는 사람들을 보면서 '무섭지 않나? 저러다 떨어지면 어쩌지?' 하는 생각을 할 때가 있고, 고속으로 달리는 차를 보면서 '저렇게 달리다 사고 나면 그 자리에서 죽을 텐데.'라는 생각을 한다. 이런 생각하는 것이 나쁜 생각이고 불손한 생각이고, 기분 나쁜 생각일까? 이런 생각을 할 수 있어야 상황에 맞는 처방을 할 수 있고 필요한 것을 준비할 수 있지 않을까?

내 생각 속에

사소한 시비로
내 마음은 요동을 치고
솟아오르는 혈기는
불을 뿜었다

기도를 해도 쓰린 마음
가라앉지 않고
찬송도 입 밖으로
나오지 않는다

나를 살며시
엿보는 그대는
친구인가
적인가

본능에서의 해방

　사람들은 땅이라고 하는 이 세상에 살고 있고, 또 자신의 내면과 연결되어 있는 영의 세계에 살고 있다. 그래서 땅의 에너지를 공급받기도 하고, 영의 세계의 에너지를 공급받기도 한다. 다만 이것을 느끼기도 하고 못 느끼기도 할 뿐이다.

　마음은 욕망의 좌소座所이고, 욕망은 땅의 에너지다. 인생은 거의 무의식적인 욕망의 습관을 따라 움직인다. 이것을 우리는 본능이라고 한다. 즉 본능은 땅의 에너지를 공급받고 있다. 그러므로 우리에게 일어나는 어떤 사건적인 일들의 수정은, 이 땅으로부터 공급받는 에너지의 길을 바꾸지 않으면 아무리 문제점을 이야기한다 할지라도 당위론으로 끝나고 만다.

　땅의 에너지의 공급을 바꾸려면 어떻게 하여야 하는가?

　"우리의 시민권은 하늘에 있다빌3:20."라고 한다. 하나님을 믿는 자들은 그 소속이 하나님께 있다. 그러므로 하나님의 법을 따르며 사는 것은 당연한 일이다. 어떤 사람은 기독교인들이 글을 쓰면 신에 관한 이야기를 하기 때문에 보는 사람들이 거부감을 느끼고 베스트셀러가 되기 어렵다고 한다. 그럴지도 모른다. 비기독교인들이 쓰는 글이 더 많이 팔리는 것은 당연하다. 그것은 기독교인들도 많이 포함되어 있기 때문이다. 사람의 본능에는 하나님을 믿는 자라 할지라도 세상에 살기 때문에 세상 것에 유혹받고 세상과 짝하며 살고 싶은 욕망이 있다. 그래서 비기독교인들이 쓰는 글이 베스트셀러가 된다는 것은 당연한 일이다. 그러나 그들이 쓰는 글에는 그들이 따르는 종교에 대한 글을 안 쓰는 것이 아니다. 쓰지만, 오랫동안 범신론적인 삶의 흐름이 자리 잡고 있었던 우리나라로서는 그런 글에 크게 거부감을 느끼지 않게 한다.

그런 속성을 대부분 다 소유하고 있기 때문이다.

그러므로 필자가 소유하고 있는 종교가 기독교이기 때문에 필자가 그 가르침대로 살자는 것은 이상한 일이 아니다. 다만, 사람들이 그 진리를 이해하지 못하는 것뿐이다.

사람들에게 가장 큰 문제가 되는 것은 무엇일까? 그것은 아마 죽음일 것이다. 사람들은 자신의 어떤 행동이 죽음과 연관 있다는 것은 대부분 모르는 듯하다. 인생의 다른 면은 죽음이다. 영의 세계다. 그 영의 세계 이면은 이 세상이다. 내세와 현세는 종이 한 장 차이다. 죽음과 삶의 차이는 종이 이면과 같다. 그렇기 때문에 죽음 너머의 일들을 생각해봐야 한다. 죽음 이후에는 또 다른 세상이 있다는 것을 인식할 때 비로소 본능에 대한 의지에서 해방될 수 있다. 그러므로 평소의 삶이 죽음 저편의 삶에도 영향을 미친다는 것을 알 때, 생전의 삶을 한 단계 끌어올릴 수 있다. 그래서 주변의 사람들 중에 죽음의 사선을 넘

나든 사람들의 이야기를 들어보면 인생은 '내가 지금 얼마를 가지고 있다는 것으로 논할 수 있는 것이 아니라'고 한다. 다시는 이 세상의 햇빛을 볼 수 없을 것 같은 중병에서 치료받아 병원 문을 나설 때, 전에 가지고 있던 이기적인 마음이 탈 이기적이고 탈 중심적인 다짐을 하는 것을 본다.

또 다른 경험은 장기금식을 하고 났을 때 한 송이 꽃을 봐도 그 꽃과 대화를 나누며 그 꽃이 존재하는 이유를 알 것 같고, 한 마리의 작은 새를 봐도 그 새와 교감하며 자신을 향하여 말하는 무언의 대화를 느끼곤 한다. 그러므로 인간은 자연의 일부분이라는 것을 새삼 깨닫는다. 그리고 언제까지고 그렇게 살고 싶은 바람은 어느새 퇴색되어 버리고 그런 마음은 오직 그리움만으로 남는다.

이런 생각과 사색이 낭만적이라고만 해서는 안 된다. 인생은 이런 감성을 갖고 있다. 이런 감성을 누리기를 원하지만 누리지 못할 뿐이다. 그리움은 있지만, 항상 표현되지 않고 잠재적으로 내면에 머물고 있을 뿐이다. 그러다 어떤 계기를 만나게 되면 밖으로 표상되는 것이다. 그래서 사람들은 이러한 잠재적인 의지를 따라 예술을 하거나 철학을 논하거나 사업을 하든지, 연구를 하든지, 교육의 길을 가든지, 아니면 깊은 신앙에 심취하여 그것과 일체감을 누리면서, 잠재적인 것과 교통하며 위로 내지는 만족감을 가진다. 그러므로 안으로 나와 친구 되는 것이 없을 때, 또는 친구가 되는 것이 있을 때 밖으로 나타나는 표상은 다르다. 내면에 나와 친구가 되어주는 존재가 있다면 그것으로 인하여 밖으로 나타나는 모습은 언제나 자신감이 넘친다. 충만한 에너지가 있다. 그러나 내면에 나와 친구가 되어주는 존재가 없다면 텅 빈 공허함이 밖으로 표현되어 그리움에 젖는다. 모자라는 에너지를 채우기 위한 갈급함이 있다. 욕망이 바로 그렇다. 처음에는 상당한 에너지를 표출하지만, 세상에서 공급받는 것이기 때문에 세상을 이겨 나가기에는 역부족이다. 결국은 허무다.

 무엇인가 얻기 위하여 행하는 어떤 행동도 인생에 있어서는 연습이 없다. 무엇인가 해보고 옳은 것을 행하기에는 인생이 짧다. 그러므로 내면의 세계에 항상 좋은 것이 자리 잡도록 하여야 한다. 좋은 것이라는 것은 자기 개인의 편협한 어떤 취향을 자리 잡도록 하라는 것이 아니고, 보편적으로 많은 사람이 취하고 따라 하는 세상 습관들이 아니고, 영원히 일정하게 공급하는 내세의 에너지를 받아 누려야 한다. 강제적인 것이거나 억지로가 아니고, 자발적으로 갈급함을 깨달을 때 임하는 영의 세계의 에너지는 본능과 본성에 유익함을 주고 인생에 후회됨이 없다.

마음의 고향

간밤에 바람 불고 비 오더니
노란 은행잎이 소복이 쌓여
천상의 융단을 깔아 놓은 듯하다

마음에 여유로움을 품고
살포시 밟으니
폭신함에 금방이라도
묻어날 것 같다

여기가 어딘가
어렸을 때의 그곳인가
임 기다리던 동구 밖인가
내 마음의 고향 역인가

두 손으로 걷어다
내 집 앞 계단 위에
깔아야겠다

사
랑

관 심

　이 땅에 존재하는 모든 피조물은 서로 간에 유대관계를 유지하여야 존재할 수 있다. 또한, 모든 피조물은 자신에게 관심 가져줄 때 자신도 그에 해당하는 대가를 지불한다. 이 세상에서 수고하거나 노력하지 않고 얻어지는 것이 있는가? 하나도 없다. 다만, 누군가가 선물로 준 것이라면 가능하다. 그러나 우리는 늘 누구엔가 선물만 받으며 살아가는 존재는 아니다. 그러므로 누군가에게 관심을 가지고 그에게 유익 되는 말이나 행동을 하여야 한다.

　교회 안에는 강단 화분이 있다. 요즘은 붉은 호접란이 정열적인 자태로 뽐내고 있다. 그 모습이 맘에 든다. 그리고 활짝 핀 꽃은 더 이상 피지 못함을 아쉬워하듯이 늘 팽팽하다. 한 가지 약점이 있다면 기다란 줄기 위에만 꽃이 8~10송이 핀다는 것이다.

　앙상한 줄기들 사이가 허전하여 하얀 꽃이 핀 백합화 종류의 작은 나무를 심었다. 조화롭게 잘 어울린다. 특히, 맘에 드는 것은 꽃에서 풍겨 나오는 향기가 지나갈 때마다 코끝에 날아드는 것이다. 그때마다 한 번씩 봐 주고, 흐뭇한 미소를 보낸다. 그러던 어느 날 백합들이 푸른색으로 변해 있다. 왜 그런가 하고 잎사귀를 만져 보니 말라 죽었다. 깜짝 놀랐다. 왜 말라죽었을까? 물이 없으니까 죽은 것인데 그것을 인식하지 못했다. 호접란은 한 달에 한 번 정도 물을 준다. 이번에 심은 백합은 3, 4일에 한 번씩 물을 주어야 하는 것을 알았다.

대수롭지 않게 생각했던 화초를 통하여 인생사의 중요한 것을 깨닫는다. 그것은 관심이다. 관심이 있음으로 인해 죽었는지 살았는지를 안다. 관심이 없었다면 죽었는지 살았는지 모를 것이고, 나중에야 '왜 죽었지?'하며 아쉬워할 것이다. 그리고 그뿐이다. 관심은 기다림이다. 관심이 있기 때문에 물을 주고 불필요한 것을 제거하고 기다린다. 그리고 살아있는 모습을 보면서 기뻐한다.

신앙도 기다림이다. 기다리다 죽을지언정 기다리는 것이다. 하나님도 우리를 향하여 기다리며 살피시고 복 주신다. 결국, 인간은 하나님 앞으로 돌아오게 되어 있다. 그러므로 인위적으로 자기 인생을 결정하고 판단하는 어리석음은 버려야 한다.

지금 힘들고 어렵고 고생스러워도 그 삶을 포기하지 말고 열심히 살면 된다. 그 삶 자체가 하나님의 인도하심이다. 과거 믿음의 조상들을 보자. 아브라함을 보자. 그는 하나님 앞에 나오기 위하여 특별하게 행한 것이 없다. 다만 살아가는 삶 자체가 하나님 앞에 나온 것이다. 그는 열심히 살았다. 그리고 하나님은 그가 하나님이 어떤 분이신가를 깨닫도록 역사하셨다. 아브라함은 자신의 삶 속에서 일어나는 사건을 접하면서 하나님의 존재를 자연스럽게 인정하고 그 삶 속에 젖어들어 간 것이다. 이삭과 야곱을 보자. 그들 역시 부모를 닮아서인지 나름대로 열심히 살아가는 사람들의 대표적인 인물들이다. 열심히 살아가는 사람들은 대부분 기다릴 줄 알고 인내할 줄 안다.

그때 당시 우물 하나 파는 것이 가업과 같은 때에 불한당 같은 이웃이 찾아와 자기네 우물이라며 우기고 빼앗고자 할 때 소유권을 포기하고 또 다른 우물을 파지만, 좌절하거나 세상을 원망하지 않았다. 그리고 또 다른 우물을 팠고 또 빼앗으면 주고 또 팠다. 결국, 빼앗기를 즐겨하던 그들이 이삭을 찾아와서 화친하자고 한다. 삶 속에서 하나님의 존재를 확실하게 보여준 예다. 혹여, 사람들은 '그만한 능력이 있으니까 우물을 포기하고 또 파는 거지, 아무것도 없다면 결코 그렇게 하지 못했을 거다.'라고 한다면, 걱정하지 말라. 하나님은 절대 그대에게 그런 일을 당하도록 하지 않으신다. 각자의 수준에 맞추어 체험하도록 인도하신다.

야곱을 보자. 철저한 인본주의의 삶을 살아가면서 실패도 했지만, 돈도 벌었다. 그는 하나님의 존재를 인정하면서도 하나님의 개입 하심을 피부로 느끼고 하나님을 섬겨야 되겠다는 생각으로 살아가지 않았다. 다만, 그에게 허락하신 인생을 열심히 살아가는 동안에 자연스럽게 만나는 사건 속에서 스스로 하나님을 섬겨야 한다는 것을 깨달았다. 그는 현실의 고독함 속에서 처음 힘들고 외로웠을 때 하나님을 만났던 곳 벧엘로 올라간다. 하나님은 우리에게 억지로 '나에게 오라'고 하지 않으신다. 그 삶 속에서 자신의 삶의 한계를 느낄 때 옆에 계신 것을 알게 하시고 스스로 나오도록 하시고, 그동안 살아온 삶이 자신의 실력으로 된 것이 아니고 보이지 않는 하나님의 간섭 하심 속에 이루어져 왔다는 것을 깨닫게 하시고, 하나님만을 섬기겠노라는 결심과 다짐을 하게 하시고 기뻐하신다. 누군가가 방탕한 길을 걷고 있다면 그것 때문에 고민할 필요 없다. 그가 하나님의 관심 속에 있는 자라면 하나님은 그의 방탕 된 삶을 접을 때를 알게 하신다. 왜 그러실까? 잘못된 길을 당장 접고 회개하고 돌이키도록 하지 않으시고 기다리실까? 하나님은 우리의 성품을 아신다. 지금 강제로 방탕 된 삶을 끊으라 한다면 끊지 못하기 때문이다,

지금의 우리에게만 그런 관용을 베푸신 것이 아니라 믿음의 조상 때부터 오늘날에 이르기까지 모든 믿음의 사람들에게 한결같이 똑같은 은혜를 베푸셨다.

참회록으로 유명한 어거스틴의 인생을 보자. 그도 마찬가지다. 그가 세례받기 원했으나, 세례가 투병으로 연기되었을 때의 고백이다. "그를 내버려 두어라. 그는 아직 세례를 받지 않았으니 자신이 하고 싶은 대로 하도록 내버려 두어라." 라는 음성이 그의 귀에 사무쳐 졌다고 한다.

하나님의 택함 받은 자는 자신의 삶 속에 하나님의 깊은 간섭 하심을 느낀다. 그리고 자신의 삶에 변화가 다가오고 있다는 것을 느낀다. 이것이 우리를 기다려 주시는 하나님의 사랑의 모습이고 불꽃 같은 눈동자로 지키시고 보호하시는 간섭 하심이다.

무엇이 되고자 할 때

추잡한 것을 미화하는 것에
말 한마디 할 수 있다면
그것은 곧 정의일 겁니다

세상이 온통 안티로 가득 차고
순수한 뜻을 매도할 때
침묵하는 것은 성숙함입니다

목적을 이루려고
세상에 뿌리를 내리면
되는 것이 아니라 되다 맙니다

화려하지 않고 있는 그대로
현실에 충실하는 것이
얼마나 소중한지요

어느 눈물

눈물 없이 볼 수 없다고 해서 붙인 이름이 '눈물의 비디오'다. 우리 민족은 참으로 눈물이 많은 민족이라고 한다. 그래서 그런가? 지역마다 노래방의 인기는 식을 줄 모른다. 극과 극은 서로 통하기 때문이 아닐까? 눈물에는 상황과 처지에 따라 다르게 표현된다. 목 놓아 울고 싶어도 울 수 없어서 억제해야만 하는 눈물이 있는가 하면, 억제할 수 없어 그냥 흘러내리는 눈물이 있다. 그런 눈물을 '누淚'라고 하고, 같은 눈물이라도 빗물처럼 흐르는 눈물을 '체涕'라고 하며, 얼굴 테두리를 벗어나지 않고 흐르는 눈물을 '사泗', 콧물 눈물같이 흘리는 눈물을 '이洟'라고 한다. 눈물과 인연이 많았던 민족이라서 그런지 우는 방식도 여러 가지고, 어떤 눈물이든 그 흐르는 눈물을 보노라면 가슴이 찡한 것은 숨길 수 없는 사실이다.

같은 교회에 출석하는 자매가 결혼식을 한 날이었다. 주례를 부탁받고 갔는데, 참으로 요즘은 결혼식이 너무 빨리 끝나는 것 같아 아쉬움이 있었다. 더구나 목사가 일반 예식장에서 주례를 하려니까 식장 직원이 다가오더니 일찍 끝내달란다. 찬송 한 장 부르지 못하는 아쉬움 속에서도 성경 구절을 읽고 설교 비슷한 주례를 했고, 끝으로 축도까지 하고 내려오니 조금은 후련했다. 오늘 결혼한 자매의 가정에는 세 자매가 있는데 큰딸이 먼저 가고, 셋째가 그다음 가고, 둘째가 아직 결혼을 하지 않아 막내의 처지가 되었다. 큰딸 결혼식에는 참석만 하고 이번에는 주례를 섰는데, 그녀들의 아버지는 그때도 눈물을 흘렸고 이번에도 흘렸다. 그때도 코끝이 시큰거렸고, 이번에도 그랬다. 참아야 하는데 저절로 나오는 눈물이다. 사람에게 고귀한 액체가 있다면 그것은 땀과 눈물과 피를 말한다. 땀을 흘리지 않고는 값진 성공을 기대할 수 없으며, 눈물 없이는 숭고한 정신이나 진리가 실현되지 않고, 피를 흘리지 않고는 새 역사가 일어난 일이 없다고 한다. 그러므로 눈물은 고귀한 것이다. 눈물은 양심의 결정이요, 사랑의 발로이다. 사랑이 마르면 눈물도 마른다. 그의 눈물은 그의 마음의 표현이다.

그 눈물의 이유를 꼭 생각할 이유는 없다. 나오면 그냥 우는 것이다. 눈물을 흘리는 사람을 보고 외면할 수 있는 사람이 있을까? 대부분 그쪽으로 눈길이 가고 마음이 가서 조금은 헤아려 보게 된다.

그러고 보니 나는 눈물이 많은 사람인 듯하다. 그러나 속상해서 흘리는 눈물보다 기뻐서 흘리는 눈물이 더 많은 듯하다. 오래전 일인데 그때의 눈물도 잊을 수가 없다. 아시아 축구 선수권 대회 때 우리나라하고 중동의 강호 사우디하고 결승전에서 맞붙었을 때 우리나라가 졌지만, 애국가가 울려 퍼질 때 가슴에 손을 얹고 따라 부르는데 괜히 눈물이 볼을 타고 흘러내렸다. 왜 흘러내렸는지 모른다. 가슴이 벅차오르면서, 온몸에 전율이 일어나면서 눈물이 고인 웅덩이에서 물이 넘쳐흐르듯이, 아무 저항도 없이 당연하게 흘러내린 것이 지금도 눈앞에 서린다. 물론, 다른 때도 애국가를 부를 때면 벅찬 감정이 있지만 말이다.

우리 집은 아들만 둘인데 큰애, 작은애 모두 신학공부를 했다. 큰애는 목사안수를 받아 목회자가 되었는데, 작은애는 아직 안수를 안 받고 있다. 큰애가 목사안수를 받을 때도 울었다. 목사님들이 빙 둘러서서 안수를 하고 내가 목사 가운을 입히고 후드를 둘러 주며 "이것은 네가 평생 벗을 수 없는 멍에다." 하며 귀한 사명 감당하기 위해 부름받은 아들에게 진심 어린 축복을 했다. 그때가 가을 노회 때인데도 더위가 완전히 가시지 않아 더웠고, 목사님들의 권면과 축가가 울려 퍼질 때에도 땀과 함께 흐르는 눈물을 주체하지 못했다. 땀 닦는 척하고 연신 닦았다.

그런데 그 아들이 목사 안수받고 5년 되었는데 대장암으로 수술을 받았다. 수술은 성공적으로 끝났지만, 항암 치료를 6개월 동안 받았다. 힘들어하는 자식을 보면서 얼마나 마음이 아팠는지 모른다. 핏기없는 얼굴로 항암 병동에 있는 자식을 보니까 하나님의 종이지만, 육신의 자식이므로 눈시울이 뜨거워지고 코끝이 찡하다. 이제 나이 36세인데, 피가 끓어 넘치는 나이에 암이라니, 도저히 이해할 수가 없었다. 그러나 이해할 수 없는 현실이 눈앞에 펼쳐졌고 그대로 진행되어 가고 있었다. 그 앞에서 울지 못했다. 눈물을 삼켰다. 어이가 없었다. 항암치료를 할 때에는 속이 메스껍다는 것을 알기 때문에(아내도 암으로 네 번씩이나 수술을 하고 항암 치료할 때 경험이 있으므로), 근처 분식집에서 얼큰

한 쫄면을 포장해서 갖다 주었다.

6개월 동안 항암 치료하고 MRI 촬영하고, 몇 달 후에 다시 촬영해보
자는 의사의 말을 뒤로하고 일상생활에 복귀했다. 눈물 없이 살 수 없
는 삶이라면, 기쁨의 눈물, 감격의 눈물을 많이 흘렸으면 좋겠고, 서로
교감할 수 있는 진심으로 흘려줄 수 있는 눈물이었으면 좋겠다.

그루터기

온 산이
벌겋게 타올랐고
모든 것이 순식간에
잿더미로 변했다

이 슬픔과 괴로움과 아픔을
어떻게 끌어안고 살 것인가
화마火魔가 지나간 자리엔
시커먼 장승들뿐

하나의 생명을 보전키 위해
그 맹렬함을 참았고
또다시 잉태키 위해
모든 것을 희생했다

보잘것없도록
잘려나간 그루터기가
숭고한 역사의
산파일 줄이야

꽃과 여인

　서울 강남 터미널 건물의 꽃시장은 전국에서 싱싱한 꽃들이 매일 들어오는 도매시장으로 유명하다. 이곳은 값도 싸지만, 꽃꽂이를 하기 위한 모든 소재를 다 구할 수 있기 때문에 자주 가는 편이다. 이곳으로 꽃을 사러 가기 위해서 새벽 기도회를 마치고 갈 때가 있고, 금요 저녁 기도회를 마치고 갈 때도 있는데, 오늘은 금요 기도회를 마치고 꽃꽂이 하는 여 집사와 아내와 같이 갔다. 3층으로 올라가 두 사람이 이곳저곳을 둘러보는 동안 나는 혼자 서성이며 나름대로 꽃구경을 하였다.
　특유의 꽃 냄새를 맡으면서 언젠가 초대받은 꽃꽂이 전시회에 갔던 때가 생각난다.

　입구에 들어서자 많은 사람들이 붐비고 있다. 홀 전체가 개인의 작품을 발표하기 위하여 일정한 장소를 부여받았고, 그 앞에 자신의 작품을 설명하는 제목과 뜻을 설명해 놓았다. 자신을 소개하는 책자에는 화려한 경력들이 나열되어 있고 자신의 출품작이 새겨져 있다. 어쩌면 그렇게 다양한 아름다움이 나오는지 감탄사가 저절로 나왔다.

나는 교회에서 보는 꽃꽂이가 전부인지라 그렇게 아름답고 우아하게, 또 세밀하게 표현하는 작가들의 솜씨를 직접 보는 것은 처음이었다. 한 작품을 대할 때마다 황홀경에 빠지곤 했는데 어느 홍보물이나 책자에서 보던 그런 작품들이다. 그런데 꽃꽂이 전시회에는 남자들이 많이 와야 하는데, 남자들은 거의 없고 여인들만 가득 메우고 있다. 그 여인들은 어쩌면 그렇게도 미인들인지, 어느 것이 꽃이고 어느 것이 여인인지를 모를 지경이다. 꽃을 좋아하고 사랑하는 사람들은 모두 아름다운 모양이다. 덕분에 눈동자를 어디에 두어야 할지를 몰랐던 즐거움의 시간이었다. 갖가지 소품을 이용하여 표현하고자 하는 꽃의 아름다움은 강함과 연약함의 조화로움이 신비로웠다. 여러 가지 소품은 이 땅에 널려 있는 것들이다. 인정받지 못하고 버려진, 정화되지 않은 것들이 꽃으로 말미암아 새로운 모습으로 태어나서 꽃하고 조화를 이루어 이 세상에 하나밖에 없는 아름다움과 개성으로 태어났다. 여성의 아름다움의 능력은 바로 그와 같은 것이 아닌가 싶다.

이 땅에서 힘들고, 어렵고, 메마르고, 인정받지 못하는 것을 인정받게 하고, 새롭게 변화시킬 수 있는 것은 바로 여인과 함께 만들어지는 것이리라. 대항하고, 싸우고, 이겨서 자기의 위치를 찾는 것이 아니라, 연약함과 아름다움과 슬기로움으로 있어야 할 위치를 정확히 알아 그 위치에 있는 정숙함, 이 얼마나 우아하고 품위 있는 모습인가? 꽃은 주변의 어떤 환경 속에서도 있어야 할 곳에 있음으로써 그 환경을 순화시킬 수 있는 분위기와 능력이 있다. 바로 여인의 모습과 같다. 그래서 꽃과 여인은 같은 맥락에서 이해되는 듯하다.

　여자가 있는 것하고 없는 것하고는 그 삶 자체가 달라진다. 20대에 우리나라의 오일파동으로 기름 살 돈이 없을 때 열사의 나라에 가서 오일달러를 번 적이 있다. 그때의 삶은 남성들만의 공동체 생활이다. 여자가 없는 남자들만의 삶은 거친 모습 그대로였다. 어쩌다 코끝을 자극하는 향수 냄새 풍기는 외국 여자라도 나타나면 그렇게 야수같이 뛰어다니다가도 점잔을 뺀다. 그게 여자의 위치이고 여자만이 가지고 있는 힘이고 능력이다. 그런 모습이 꽃꽂이를 통하여 그대로 나타나는 것을 본다.

　남성의 강함과 거침은 여성의 연약함과 섬세함, 아름다움과 동등한 것이고 때로는 압도한다. 이것이 창조주의 섭리이리라. 얽히고설킨 조형물 속에서도 밝고 아름답게 혹은 청아하게, 또는 도도하게 자리 잡고 있는 꽃의 아름다움은 그 위치를 차지할 수밖에 없는 본연의 모습이다. 지금도 우리 주변에는 평생을 그와 같은 꽃의 모습으로 살아가는 여인네들이 있다. 때로는 폭행으로, 때로는 폭언으로, 때로는 찢기고 멍들어 슬퍼하면서도 그 자리에 그렇게 존재하기에 우리의 가정이, 우리의 자식이, 우리의 사회가, 우리의 나라가 존재하고 있다. 그러나 이제는 너무 아픈 과거에서 벗어나고 싶은데, 아직도 벗어나지 못하는 것은 그 자리를 떠날 수 없기 때문이다.

　서양은 꽃을 꺾어다가 독점해서 즐기는 약탈문화이기에 자기 집을 꽃으로 치장하고 장식하는 것을 좋아한다. 그래서 누구를 방문할 때 꽃으로써 호의를 전달하는 꽃 문화가 정착되었다고 하는데, 우리나라는 꽃에 비유되는 여인을 꺾어 자신의 소유물로 삼는 것을 즐겨했기 때문에 누가 방문했을 때 다소곳이 시중드는 여인의 자태로 자신의 위치를 간접적으로 드러내는 권위의 모습으로 삼고자 했다. 그래서인가? 기형의 조형물 속에 단아하게 또는 도도하게 자리 잡고 있는 꽃의 모습은 마치, 일본 적장과 함께 물로 뛰어든 논개와 같이, 또는 유관순같이, 또는 신사임당같이, 그 외 많은 한국의 여성들같이 숨겨진 모습으로 연약하지만 연약하지 않고, 있어야 하는 자리에 꼭 있어서 자신의 향기와 지조를 잃지 않는 꿋꿋함을 보는 듯하다. 작품으로 선보인 작가의 마음은 우리 모두의 가슴속 깊은 곳에 내재하여 있는 공통된 마음 같았다.

같이 간 아내와 집사가 손짓하며 부른다. 꽃을 다 샀으니 들고 가라는 뜻이다. 신문지 두 겹에 둘둘 말아주는 꽃다발과 소품을 가슴에 안고 두 여자의 뒤를 따라간다. 3층 꽃시장에서 엘리베이터를 타고 1층으로 나오니 그곳은 고속버스 대합실인데, 오고 가는 사람들이 없다. 사방은 죽은 듯이 조용하고 이때나 저때나 술 취한 사람이 고래고래 소리 지르고 있지만, 누구 한 사람 제재하거나 나무라지 않고, 드물게 꽃 사가지고 가는 사람들의 부지런한 발걸음이 있을 뿐이다. 밖으로 나오는 발걸음 소리가 조용한 공간에 울려 크게 들려온다. 그리고 환하게 불 밝히고 있는 식당에는 몇몇 사람이 앉아서 음식을 먹고 있다. 그중에 듬직한 체구를 한 아주머니가 있는 식당으로 들어가 간단하게 우동

한 그릇씩을 먹고 주차 중인 차에 오르면서 "무지하게 맛이 없다."라고
한마디씩 했다.

  새벽에 88도로로 한강을 옆에 끼고 달리는 기분이 상쾌하다. 그렇게
도 상습적으로 밀리는 길인데 한가하게 비어있는 모습이 왠지 쓸쓸해
보인다. 저 멀리 성산대교를 끼고 늘어선 가로등이 어느 먼 이국의 밤
경치를 보는 듯하다. 양평동 쪽으로 방향을 틀어 들어오면서 강 건너편
을 보니 역시 아름답다. 우리나라의 야경도 세계적으로 유명하다는 말
을 들은 적이 있는데, 정말 그렇다.

텃밭에

꽃샘바람에
늙은 아카시아 나무
더욱 음침하게
서 있는 곳

시간 한번 내겠다는 말에
여기저기 터 잡은
잡초에게
주인 자리 내줬지만

당신이
팔 걷어붙이고
한 아름 잡초를
뽑아들면

봄꽃들이 친구 되어
텃밭과 속삭이고
나는 당신이 좋아하는
채소 씨를 뿌릴 거에요

교육 부재

　병원에 오면서 시대가 많이 변했다는 것을 느낀다. 옛날에는 병원 분위기가 엄숙했는데 지금은 어느 병원을 가든지 상냥한 인사를 받는다. 병원 특유의 흰색이 더욱 하얗게 보인다.

　그전에는 액세서리 같은 것도 없었고, 모든 것들이 각이 세워진 모습들이었는데, 언제부터인가 벽에 그림이 붙어있고, 화장실에도 향수가 뿌려지고, 대기실이 오픈되어 있고, 최신 의학정보와 진료과정이 모니터로 쉼터와 대기실에 중계되고 있다. 사람 많이 모이는 곳에는 여지없이 광고도 한몫한다. 참으로 많이 변했다. 이런 것으로 인하여 혹시 있을지 모르는 진료 사고를 예방하고 불필요한 논쟁을 줄일 수 있는 좋은 모습이라고 생각한다. 이와 같은 모습은 사람들의 인식이 변해가고 있다는 증거이다.

　다른 의미에서는 우리나라가 그만큼 잘사는 나라가 되었다는 것이다. 아직은 선진국의 반열에는 못 올랐지만, 복지에 대해서도 신경을 많이 쓰는 것 같다. 우리나라가 노인국이 되어가고 있다는 것은 그만큼 돈이 많이 들어간다는 뜻이다. 노동력은 없는데 노동력을 요구하는 일들이 많다는 말이다. 그래서 외국에서 사람들이 수입되고 있다. 점점 다중 문화로 가고 있다. 점점 나라의 정체성이 약해지고 있다. 어쩔 수 없는 사회적 현상이라면 그로 인한 아픔을 겪는 사람들이 있기 마련이다. 그와 같은 현상이 누적되면 사회적인 병폐로 남는다. 소외된 또 하나의 어둠이다. 우리 주변에 이렇게 힘들어하며 사는 사람들이 많다.

지금도 병원 한번 오고 싶어도 오지 못하는 사람들이 있다. 한 달에 100여만 원 받으면서 직장 생활하는 사람들이 있다. 그런 일을 누가 하겠는가? 한국 사람들보다 외국 사람들이 더 많다. 그러니 자연스럽게 외국 노동자들의 자리가 커질 수밖에 없다.

모든 일에는 그 과정과 결과가 있기 마련이다. 이런 외국인들이 국내에서 살면 혼자 살 수 있나? 자연스럽게 한국 여성과 사귀게 되고 그로 인하여 2세가 태어나게 되고, 그들의 교육문제가 심상치 않다. 또다시 소외계층으로 남는다.

아내가 진찰을 받는 동안 잠깐 밖에 나왔는데, 어느 여인이 자식인 듯한 열댓 살 정도 된 아이에게 욕을 퍼부으며 나무란다. 하도 어이가 없어서 서서 봤다. 그랬더니 꾸중을 듣던 아이가 나를 보며 "왜 쳐다보느냐?"라며 시비를 걸어온다. 내가 쳐다보는 것이 못마땅했던 모양이다. 내 나이가 50 후반이고 시비를 걸어오는 그 아이보다도 성장하여 결혼한 아들이 있는데, 그 어린아이의 눈에는 내가 어떻게 보였을까? 시비 걸어도 대항하지 못할 것 같은 느낌을 받은 모양이다. 하이에나 눈에 비친 먹기 좋은 먹잇감같이 보였던 모양이다. 그런데 더 기가 막힐 일은 꾸중을 하던 여인이 자식 편을 들면서 나를 향하여 "이봐요. 남의 자식 혼내는데 왜 쳐다보고 있어요?" 하며 소리친다. 세상에 이런 일이! 그 여인도 나이가 40 초반 정도 되었을 듯한데….

매스컴을 통하여 듣던 일들이 나에게 벌어지고 있다. 어떻게 해야 하나? 붙잡고 타일러야 하나? 나무라야 하나? 순간적으로 생각하기를 '여기에 더 있다가는 망신당하겠다.' 싶어 아내가 치료받고 있는 병원으로 들어갔다. 못 배우면 저렇게 된다. 무식함도 대를 물려 내려간다. 갑자기 우울해진다. 답답하다. 저런 애들을 불러다 교육시키겠다고 하며 이것저것 준비했다가 재정적인 지원이 약하여 빚만 지고 문을 닫았다. 언제쯤 우리나라가 그런 계층의 사람들을 수용하여 이해하고 사람답게 사는 길을 제시할 수 있을까?

지금은 선거철이다. 대권 주자들은 저마다 자신이 나라의 대통령으로서 적임자라고 한다. 어느 때와 마찬가지로…. 저들에게는 소외계층 아이들의 교육을 어느 정도 이해하고 있을까?

가을이다. 하늘은 높다. 바람도 싱그럽다. 이 가을에 생각나는 모든 사람의 마음에 풍요로움을 만끽했으면 좋겠다.

삶이 공평한 것은

가난한 것이 좋은 때는
남의 눈치 볼일 없고
일용할 양식이 있으면 족하다

선거철에는 후보들이
거들떠보지도 않던 사람들에게
웃어주느라고 바쁘다

세상 사람 중에
1%가 뛰어난 사람들이고
99%는 보통 사람들이다

그러나
삶이 공평한 것은
99%는 1%를 평가한다

지도자 덕목

한 해를 마무리하는 이때에 5년마다 한 번씩 돌아오는 대통령 선거로 온 세상이 들떠있다. 저마다 나름대로 후보를 정해놓고 투표 날을 기다리고 있다. 어느 때보다도 디지털 문화가 발달하여 문명을 이용한 치열한 접전이 이어지고 있다. 세상에는 모든 것이 상반된 모습으로 이어져 가고 있다. 양극의 상태는 영원히 풀리지 않는 숙제와 같은 것일 것이다. 그런 상반된 틈바구니에 끼여 힘들어하는 쪽은 아무래도 삶에 넉넉함이 결여된 쪽일 것이다. 과거에, 그 이전에서부터 기득권자들의 특혜는 어느 시대를 막론하고 별의별 제재를 한다 할지라도 제재할 수 없는 철옹성과 같은 모습으로 꿋꿋하게 이어오고 있다. 특혜를 누리는 사람들은 그 시대의 특권자들이다. 즉, 귀족(?)들이라는 것이다. 그 지도자들의 정신 내지는 사상이 어떠냐에 따라 시대의 흐름이 달라져 왔다. 그래서 지금 선거의 흐름은 그와 같은 흐름을 놓고 공방이 오고 가는 듯하다. 사람들은 어떤 기준을 놓고 이 나라의 최고지도자로 세우려고 할까? 지도자의 덕목에 대해서 많은 사람들이 이야기했다. 그중에 손자

병법으로 유명한 그의 지도자 덕목이 이 시대에 필요하지 않을까 싶다.

1. 지혜가 있어야 한다. 능력이 있게 지피지기를 할 수 있는 어떤 과단성도 있어야 한다. 한때는 훌륭한 지도자로 어진 것에 기준을 두었다. 돌아보면 인간성 있고, 사람 좋다는 이야기는 듣는데, 능력은 없는 그런 자가 좋은가? 아니면 성질은 좀 뭐 같은데, 여기저기 돌아다니면서 일감 많이 물어 와서 놀지 않고 일하는 지도자가 좋은가? 나라는 수천만 명의 먹고사는 문제가 달려있다. 그러므로 사람 좋다는 말도 들어야 하지만, 임기응변에 능한 지혜가 있어야 한다.

2. 믿음이 가야 한다. 믿음이라는 것은 거짓이 없는 있는 그대로 사실적인 것을 근거로 하는 것이다. 외국 기업가들이 한국기업을 믿을 수가 없다는 이야기를 한 것이 오래전의 일이 아니다. 우리나라에 세계 일류기업들이 있지만, 그 가치를 70~80% 정도밖에 인정받지 못한다고 한다. 믿음이 없기 때문에 저평가 받고 있는 것이다. 우리나라의 국민들이 서로를 인정하는 믿음이 형성된다면 생활 수준이 20~30%는 향상될 수 있다고 한다. 맞는 말이다. 가정도 그렇고, 기업도 그렇고, 나라도 그렇다.

3. 어진 마음을 가져야 한다. 인이 무엇인가? 사랑이다. 다른 사람을 사랑할 줄 아는 마음이다. 남에 대한 배려이다. 나도 충분히 저럴 수 있다는 생각, 내가 좋은 것은 상대방도 좋게 여기고, 내가 싫은 것은 상대방도 싫어한다는 것을 아는 마음이다. 내가 높아지려고 한다면 남을 먼저 높여 주어야 한다. 지도자는 부하를 사랑하는 배려

가 있어야 한다. 선거 때만 되면 재래시장에 가서 껴안고 사진 찍고 포옹하는 정도를 말하는 것이 아니다. 지금까지 그렇게 하지 않은 후보들 있었나? 지도자가 된 다음에 그런 사람들의 눈물이 얼마나 닦아 주었나?

4. 용기가 있어야 한다. 용기란 무엇인가? 사랑이 있는 사람은 용기가 있다. 그러나 용기가 있는 사람이 사랑이 있다고 말할 수 없다. 자기 감정에 안 맞는다고 나서서 선동하는 것은 진정한 용기가 아니다. 그런 용기는 필부의 용기라고 한다. 그러나 지도자의 용기는 사사로운 감정을 다스리고 협력하여 선을 이루기 위한 희생의 모습이어야 한다. 지도자는 희생할 줄 아는 용기가 있어야 한다.

5. 엄격한 기준이 있어야 한다.

'읍참마속'이라는 말이 있다. 중국 삼국지에 나오는 유비의 수하에 '마속'이라는 장군이 있었다. 그는 다혈질의 성격으로 말이 앞서고 행동이 따라주지 않으므로 '가정'이라는 지역을 맡아 지키고 있다가 적에 의해 수많은 군사가 몰살을 당했다. 그가 제갈량 앞에 왔을 때 그동안 수많은 전투에서 생사를 같이했지만, 눈물을 머금고 '목을 치라'고 명령한다. 이와 같이 공사가 분명해야 한다.

이 시대 지도자들도 마찬가지다. 나라를 위해서 벨 사람은 베어야 한다. 그렇게 할 수 있는 지도자가 누구일까?

어둠의 질주

다다 다다다
번쩍 번쩍
어둠의 경적을 깨고
질풍의 노도와 같은 광란

야광 봉을 쥔 선두 따라
간담을 서늘하게 하는
곡예로 자신을 알리고
사람들의 시선을 모은다

대립하는 것이 싫어
옆에 가는 차 문을 열고
백미러를 젖히며
내 앞에 서지 마라

한때의 지나가는 홍역
젊음이라는 보석을
죽음과 불구의 도구로 사용하는
용감무雙한 거리의 무법자들

경찰과 구급차의 사이렌
이쪽은 무법자
저쪽은 오토바이
제멋대로 나뒹구는 어둠의 드라마

여자 대통령

세상이 떠들썩하다. 여자가 대통령이 되었다. 시대의 변천이다. 남자들을 믿을 수 없어서(?) 여자를 택한 것이다. 세계 곳곳에 여자 지도자들이 나라를 지혜롭게 잘 이끌어가고 있다. 그런 세계적인 흐름에 우리나라가 동참하고 있는 것이다. 그들과 경쟁할 때 우리도 당신들만큼 할 수 있다는 것을 보여줄 수 있을 것 같아 긍정적인 모습이다.

여기저기서 난리들이다. 여자들이 살판났다. 특히 기독교계에서는 더욱 그렇다. 나름대로 자신들이 대접받지 못하고 있다는 생각들을 하고 있었는데, 이번에 박근혜 대통령 당선인의 모습을 보면서 그 위상이 하루 사이에 180도 달라졌다. 성경 속에 있는 여자 지도자들의 위상이 세상 밖으로 나오고 있는 모습과 비슷하다. 드보라, 에스더, 나오미, 룻, 마리아 같은 여인들은 당시 나라에 꼭 필요한 여인들이었다. 그들의 역할은 민족과 나라를 살리는 일이지만, 그들은 메시아의 길을 예비한 사람들이다.

다시 말해서, 그들이 한 일은 창조주 하나님의 뜻을 이루는 것이기도

하지만, 민족을 등지고 하는 일이 아니라 민족과 나라를 동시에 살리는 일을 한 것이다. 민족을 살리는 일은 하나님의 뜻이다. 이 일을 하기 위해서는 하나님을 안 믿는 자라도 하나님께서 합당하게 여기시면 사용하셨다,

과거에 이스라엘 민족들이 우상 숭배하면서 타락된 길을 갈 때 하나님은 선지자들을 보내어 그들이 온전한 사람 구실을 하며 살도록 이끄셨다. 그럼에도 불구하고 타락된 길에서 돌아서지 않자, 바벨론이라는 나라를 들어서 이스라엘 민족을 때리는 도구로 사용하셨다. 그리고 그 나라에서 70년 동안 종살이하다가 돌아올 것이라고 하셨다. 하나님은 바벨론 왕으로 다리오를 세워 바벨론에 살고 있는 각 나라의 종교를 인정하고, 종교에 관한 조세는 감면해주었으며, 이스라엘 백성들이 성전 재건을 위해 노력하는 것을 보고 왕실 재원으로 지원하여 B.C 515년에 완공하였다. 그리고 이스라엘 백성들을 예루살렘으로 돌아가도록 했다.

그렇다면 현실 속에서 박근혜 당선인은 하나님을 안 믿는 사람으로 안다. 그가 이 나라를 위하여 하여야 하는 일이 무엇일까? 민족 대통합을 기치로 삼고 화해와 대탕평으로 분열과 갈등의 고리를 끊겠다고 한다. 그것은 국민의 절반은 그녀를 지지하지 않았기 때문에 그것을 염두에 둔 말이다. 그리고 아버지가 주창했던 '잘 살아보세'의 정신을 이어가겠다고 한다. 그 용어는 그 시대를 살았던 사람 중에는 친근감이 드는 말이다. 그래서 그녀는 대통령이 된 뒤 첫마디로 '잘 살아보세' 제2탄을 이루겠다고 한 것은 이 나라에 산업화를 이루는 기초를 놓았기

때문이고, 지금의 이 시대를 아마 반세기 전의 경제적 위기로 생각한 것 같다. 그래서 더 발전된 나라와 대탕평을 주창했는지도 모른다.

한 나라의 지도자는 하나님이 세우신다. 우리나라가 세계 속에 하나님의 영광을 드러내려면 박근혜 당선인 같은 사람이 필요한가 보다. 그의 지혜로 인하여 다시 한 번 대한민국이 새롭게 한 걸음 앞으로 나아가 다 같이 잘사는 나라가 되었으면 좋겠다.

세상을 향하여

감언의 차가운 바람이
나의 생각을 얼게 하고
눈을 멀게 하고
손을 붙잡는구나

그러나 떨쳐 내리라
내 영혼아 깨어라
호흡이여 입술이여
세상을 향하여 외쳐라

절망의 어두운 바람이
지혜를 오염시켰고
뜻을 굽게 하였고
발을 어긋나게 하였구나

그러나 소망의 문을
열고 알게 하리라
세상은 우리를 향하여
준비하고 있다는 것을…

스트레스

목회자가 세속적인 이야기를 하는 것은 금기같이 여긴다. 그러나 때대로 입담 좋은 목회자는 스스럼없이 세속적인 이야기를 하곤 한다. 그러면 눈살을 찌푸리면서도 별말 안 하는 것은 피차간에 이해한다는 묵시적인 분위기다. 그런 이야기를 하는 것은 다른 사람들이 느끼는 것을 본인도 같이 느낀다는 것이다.

5월, 가정의 달을 맞이할 때면 매스컴에서 '공휴일에는 무엇을 하고 싶은가?'라는 설문 조사의 하곤 한다. 그러면 대부분 해답은 비슷하다. 그런 결과는 우리에게 시사하는 바가 크다. 설문에 자식들은 한결같이 부모에게 받기를 원한다. "아버지가 이번에 컴퓨터를 사주시기로 했어요. 핸드폰을 사주시기로 했어요. 캐주얼웨어 같은 것을 사 주신다고 했어요."라고 답한다. 그러나 그 대답이 얼마나 진정성이 있는가를 생각하는 사람은 많지 않을 듯하다. 설사, 싫어한다는 것을 알아도 '일 년에 한 번 있는 건데.' 하면서 당연하게 여긴다. 실상은 피로에 지친 아버지들은 '혼자 쉬고 싶어서 대충 말한 경우'가 대부분이다.

이웃 일본도 우리와 크게 다르지 않다. "어버이날을 어떻게 보내고 싶은가?"라는 설문을 산케이 신문이 보도한 내용을 소개하자면 '자유로운 시간을 갖고 싶다'가 1위, '갖고 싶은 물건을 가족 눈치 안 보고 사고 싶다'가 2위, '기분 내키는 대로 혼자 여행하겠다.'가 3위, '잠시라도 직장이나 가족을 잊고 싶다'가 4위로 나타났다고 한다.

그리고 대부분의 아버지가 가족의 '불평불만'과 '시대 변천에 따른 서비스 강요'가 가족에 대해 품고 있는 가장 큰 불만이라고 대답했다. 대개의 아버지들이 출근해서 집으로 돌아올 때까지 자기가 하고 싶은 대로 마음대로 일을 하다, 혹은 술을 마시다 들어오는 것이 아니다. 그런데 아내는 직장일이나 사회생활에 지쳐서 가정에 들어온 남편을 보면 오는가 보다, 가면 가는가 보다 하는 식으로 자기 생각만을 내세우며 과다한 요구를 할 때 아버지들의 속마음은 어떠하겠는가?

그러면, 목회사역을 하는 목사의 가정은 어떤가? 교인들은 생각할 때 "목사님이 하는 일이 뭐가 많아서 스트레스를 받죠?"라고 한다. 세상에서 가장 편한 직업이 목사라고 말하는 사람도 있다. 목사는 24시간 대기조와 같은 사람이다. 아무 때나 와달라는 연락을 받으면 자다 말고라도 달려가야 한다. 대부분 목회자에게 전화 오는 일은 급한 일들이다.

현대의 삶 중에 가장 치명적인 질병의 원인은 스트레스라고 한다. 그런 스트레스를 목회자나 그의 아내, 사모가 많이 걸리는 것으로 안다. 필자가 소속되어 있는 노회에서 암으로 소천하신 분도 있고 암에 걸려 투병 중인 분들이 6명이나 된다.

필자는 한동안 같은 교인의 집에 세 들어 산 적이 있었다. 같은 교회

교인의 집에 세 들어 산다는 것은 생각도 안 했다. 그러나 어느 날 교인 중의 한 남편이 해외 출장 갔다가 교통사고로 죽었다. 그러자 그의 아내가 깊은 슬픔에 빠졌다. 그래서 다른 곳으로 이사 가고 싶다고 하며 중계소에 내놓았지만, 사람 죽은 집이라 해서 거래가 잘 안 되었다. 그런 모습을 옆에서 보고 있던 필자가 아내와 의논하기를 "아무개 집사가 힘들어하니까 우리가 그 집에 세 들어가서 살다가 내놓으면 나쁜 소문도 없어지고 정상적으로 거래가 되지 않을까요?" 하여 그 집으로 세 들어가서 살게 되었다.

얼마 후, 이상한 소문이 났다. 목사가 교인 집 빼앗으려고 세 들어 살고 있다는 것이다. 신앙이 없는 사람이 그런 말을 하는 것이 아니라 신앙 생활한다는 사람이 그런 말을 한다. 물론, 같은 교회 교인이 아니고 다른 교회 교인이지만, 그들의 생각은 보편적인 생각이라고 느껴졌다. 목회자를 생각할 때 교인의 것을 빼앗아 가는 사기꾼(?) 정도로 생각한 것이다. 그런 말을 듣고 와서 집을 빼달라고 할 때 다가오는 스트레스는 밤잠을 설치게 했다. 결국, 그 교인은 우리 교회를 떠났다. 그 뒤로 아내가 암에 걸렸는데, 병원에서 그 발병 시기를 이야기할 때 집 때문에 스트레스받던 때 즈음이다.

귀소 본능

시간은
그리로 향해 가고 있다
태초의 그 모습이 있는 곳으로
이것은 본능이다
옛날에도 그 옛날에도 그랬다

지금도
사람은 변하지 않은 채
본래의 모습을 찾아가고 있다
변해야 하는데
변하지 못한 모습으로

구하라, 찾으라, 두드리라

"진호는 두 돌이 지나도록 엄마라는 말은커녕 소름 끼치는 기계음밖에 내지 못했고, 자기만의 세상에 갇힌 채 다른 아이들과 어울리지 못해 늘 혼자였으며, 몇 번이고 11층 아파트 베란다 아래로 손잡고 뛰어내리고 싶은 충동을 느끼게 하던 아이였다. 그러나 나의 끝은 하나님의 시작이었다. 결코, 넘을 수 없는 인생의 장애물로 여겨졌던 진호가 지금은 세상의 어느 것과도 바꿀 수 없는 소중한 보물이 되었다."

이 말은 4살 때 자폐아 판정을 받은 진호라는 19세 된 청년의 어린 시절을 회상하며 세상을 향하여 조심스럽게 입을 연 그의 어머니의 유현경 집사의 고백이다.

'수영 말아톤' 김진호 선수는 2002년 아·태 장애인 경기대회, 2003년 아·태 청소년선수권대회 국가대표, 2004년과 2005년 전국체전 부산대표, 2005년 체코수영 선수권 대회 국가 대표로 출전하여 배영 200m에서 세계 신기록, 자유형 200m에서 은메달, 그리고 배영 100m에서 동메달을 따내 비장애인도 해내기 어려운 결실을 이뤄냈다. 장애인의 부모는 자식보다, 더도 말고 딱 하루만 더 살다 죽는 것이 소원이라고 한다. 그 삶이 얼마나 힘들고 애절하면 그런 말을 하겠는가? 누구의 도움 없이는 단 하루도 살아가기 힘든 인생을 바라보면서 그를 세상에 나올 수 있도록 한 자신을 얼마나 원망했을까?

그래서인가? 자식이 가장 잘하는 것을 찾고 두드린 어미의 마음이 눈앞에 그려진다. 그의 어머니는 독실한 크리스천이다. 그녀는 세상에서 가장 독한 어머니가 되어 아들이 홀로 서기를 가르쳤다.

인생을 살아가면서 때때로 부딪치는 도전이 있다. 이러한 때에 어떻게 대응하느냐에 따라 성공하기도 하고 실패하기도 한다. 그러므로 우리에게 다가오는 역경과 도전은 쇠를 녹이는 불로 생각하면 된다. 왜냐하면, 불은 광물 부스러기를 녹여서 새로운 기구를 만들어내기 때문이다. 이런 가슴 뭉클한 이야기를 들을 때나 볼 때면 으레 하는 말로 '대단하다'고 하지만, 실질적으로 그 마음속을 헤아리려 해도 그 마음의 깊은 곳을 어디서부터 더듬어야 할지 모르겠다. 그래서 그냥 감동이 되는 대로, 그냥 느껴지는 대로 표현하는 것이 부끄럽기도 하다. 다만, 지금까지의 삶도 많은 사람들에게 귀감이 되고 있는데, 앞으로의 삶도 지금의 기대가 이어지기를 바랄 뿐이다. 지나친 욕심일까? 세계인의 마음속에, 또는 희망을 잃고 좌절하는 모든 사람에게 빛으로 남았으면 하는 바람이다.

오프라 윈프리는 현실에 힘들어하는 사람들에게 이렇게 말하고 있다.

1. 당신이 누구보다도 더 많은 것을 가졌다면 그것은 축복이 아니라 사

명입니다.

2. 만약에 당신에게 더 아파하는 고통이 있다면 그것은 사명입니다.

3. 당신이 남보다 더 설레는 꿈이 있다면 그것은 망상이 아니라 사명입니다.

4. 당신이 남보다 부담되는 것이 있다면 그것은 강요가 아니라 사명입니다.

사명이란 사람마다 그 사람에게 주어진 삶을 말한다. 또는 다른 사람보다 어느 것을 특별나게 잘하는 것을 말하기도 한다. 그래서 그 사람은 그것을 통하여 이 세상을 밝힐 의무가 있는 것이다. 아파본 사람이 아픈 사람을 위로하고 치료받는 동안 가장 효과적인 결과를 얻을 수 있는 최선의 방법을 알고 있다. 또한, 실패해본 사람만이 실패에서 벗어나는 방법을 알고 있다. 그리고 자기 경험을 또는 자기의 실력을 가장 효과적으로 전달하는 것을 재능이라고 한다. 그래서 사명은 있는데 그 사명을 제대로 전달하지 못하면 의미가 없고, 전달하는 재능은 뛰어난데 사명이 무엇인지 모르고 있다면 그의 재능 또한 별 의미가 없다. 그러므로 사람이 사명을 찾았다 할지라도 그것을 효과적으로 실행에 옮기지 못하면 사명을 감당하지 못하는 것이다. 사명을 효과적으로 실행하기 위해서는 마인드가 바뀌어야 한다. 마인드는 어떻게 바뀌는가? 현실을 직시하는 눈이 열려야 한다. 즉, 마음으로 갈급함이 일어나야 한다. 절대적인 위기의식을 느껴야 한다. 그리고 자신감이 있어야 한다.

인 연

참으로 모진 것이
인연이라더니
겨울비 내리는 날이면
당신과의 시간들이 떠오릅니다

그리움으로
지혜가 무디어
머릿속이 멍하여도
그때를 간직하고 있습니다

원치 않는 고통을
끌어안을 수 있는 것은
끊어지지 않은
인연의 끈 때문입니다

벗 꽃

갈 길을 잃어버린 겨울이 간간이 그 모습을 여기저기 드러내며 한파를 뿌리는 바람에 펴야 하는 꽃들이 필까 말까 하는 사이에 어떤 꽃은 피다 죽었고, 어떤 꽃은 인내함으로 그 모습을 드러내고 있다. 세상 이치라는 것은 자연을 통하여 보면 정확하게 알 수 있다. 필 수 없어서 죽게 된 상황이면 다음을 기약하고 죽는 것이고, 인내하면서 기다리다 펴야 할 조건이 되면 피면 되는 것이다. 봄은 안 오는가 했더니 느지막하게 왔고, 왔는가 싶더니 어느새 다가올 여름이 빨리 자리를 비켜달라고 조르는 듯하다. 그럼에도 불구하고 봄에 피는 꽃들은 한껏 그 자태를 자랑하고 있다. 봄이면 대표적으로 피는 꽃들이 있다. 산수유, 매화꽃, 진달래, 살구꽃, 벗꽃, 배꽃, 유채꽃, 개나리, 모란, 등 꽃에 대한 지식이 짧은 내 식견으로는 대충 이런 듯하다. 그중에서도 우리에게 가장 친숙한 것은 유채꽃, 개나리꽃, 진달래꽃, 벗꽃이 아닌가 싶다. 그중에서 개나리는 주로 나지막한 언덕이나 동네 어귀에 많이 피어있고, 진달래는 야산을 온통 붉게 물들이고 있어서 보기에는 좋은데 어울리기는 어색하다. 유채꽃은 주로 제주도에 많이 피는 것 같아 한정된 사람들에게 인기가 있지만, 벚꽃은 우리 주변에 가까이 있고 나무가 커서 거리를 형성하기 때문에 쉴만한 공간을 만들어준다.

벚꽃으로 유명한 곳은 우리가 잘 아는 진해 군항제이다. 아직도 구경 한번 못 가봤으나, 뉴스를 통하여 그곳을 찾는 많은 사람과 거리를 가득 메운 인파들이 조화를 이룬 풍경을 본다. 화면을 통해 보는 것은 현장감이 떨어지기 때문에 그곳 감정을 표현하기는 불가능하다. 다만 "와!" 하고 감탄사를 연발할 뿐이다. 서울에 그와 같은 벚꽃의 거리가 있는데 여의도의 윤중로다. 진해와 이곳의 벚꽃이 만발하는 시기는 약 일주일 정도의 차이가 나는 듯하다.

꽃은 우연히 피지 않는다. 그러나 피어야 할 조건을 갖추면 언제든지 핀다. 계절에 따라 꽃이 피기까지는 그 내면에는 잘 다져진 인고의 시간들이 있었다. 요즘 같은 날씨에는 더욱 그렇다.

그러므로 인고의 세월이 얼마나 소중한가를 알게 한다. 어느 과수원에서는 배꽃이 한창 피어야 하는데 반은 죽었다고 한다. 날이 따뜻하여 배나무가 순을 틔었는데, 날이 추워지니까 견디지 못하고 죽었다. 만지니까 그냥 부서진다. 농부의 마음이 같이 무너지는 듯하다. 안타까움에 여기저기 왕겨를 태움으로 조금이나마 온기를 만들고자 하는 모습이 힘겹게 보인다.

이렇듯 꽃은 우연이 피고 지는 것이 아니다. 준비된 과실나무와 꽃나무들만이 때를 따라 잎과 꽃으로 그 모습을 드러내는 것이다. 그러나 준비되지 못한 나무나 꽃들은 아무리 좋은 계절을 만나도 어떤 모습도 보여주지 못한다. 우리 인간들도 그렇지 않을까? 아무리 마음으로 소원하고 다짐을 한다 할지라도 어떤 기회가 왔을 때 준비되어 있지 않으면 춘몽으로 끝나고 말 것이다.

하나님은 이 세상의 모든 것을 창조하신 전능자이시다. 그러므로 성경의 말씀을 보면 자연과 인간은 조화를 이루며 살도록 하셨다. 그중에서도 인간으로 하여금 자연 안에서 생육하고 번성하고 다스리라고 하셨다. 자연과 더불어 살라는 것이다. 이 말은 사람은 자연을 떠나서는 살 수 없다는 것이다. 왜 그러냐면 사람 역시 피조물이기 때문이다. 그러므로 계절이 바뀌면서 나타나는 모든 동·식물들을 보면서 인간 역시 동일한 모습으로 이 땅에 존재하고 있다는 것을 알게 한다.

신앙이 성숙한 자를 무엇으로 구분 지을 수 있겠는가? 더 정확한 것은 하나님께서 하실 일이지만 이 땅에서 조금이라도 하나님의 마음을 갖고 바라보면 신앙의 성숙함은 하나님의 뜻을 알고 이해하고 따라줄 줄 아는 자이다. 하나님의 뜻을 아는데 가장 확실한 선생이 바로 자연이다. 자연을 바라보면서, 정말 오묘한 이치를 발견하게 되고 그 이치가 저절로 형성된 것이 아니라, 전능하신 하나님께서 이 세상을 만드실 때에 이미 그와 같은 이치를 삽입시켜 놓으셨다. 그래서 자연을 바라보고 그 안에 누워보면 하나님의 음성과 포근함을 느낄 수 있다.

언젠가 88올림픽 도로를 타고 부평 집으로 오다가 양평동 경유하여 경인 고속도로로 진입하기 위해 여의도 쪽으로 나오다가 양평동 가는 길로 가야 하는데, 그만 여의도 쪽으로 가고 말았다. 잘못 판단함으로 원치 않는 곳으로 갔지만, 윤중로 쪽으로 방향을 틀어 벗꽃을 힐끔힐끔 쳐다보며 지나가는데, 벚꽃들이 활짝 피어 제멋을 드러내고 있다.
그곳을 돌아 영등포 쪽으로 와서 경인고속도로를 타고 집으로 오는데,
눈앞에 흐드러지게 핀 벚꽃들의 향연이 펼쳐져 지나간다.

성령은 오십니다

속내를
드러내지 않고
태연하게 웃으며
숨기고 또 숨기는
내 영혼 속으로
성령은 오십니다.

세상을 잊지 못한
가슴 아픈 시간들이
아직도 그대로인데
방 하나 비어 있는
그곳으로
성령은 오십니다.

늘 가득 채워진
모습으로 다가오는
그대를
잊지 못하는
또 다른 나의 모습 속으로
성령은 오십니다.

저절로 흘러
마르지 않는
눈물처럼
은혜의 줄을 따라
오늘도
성령은 오십니다.

자살 유행병

언제부터인가 우리 사회에서 자살이라는 단어가 심심찮게 입에 오르내리고 있다. 그리고 자살하는 동기도 가지가지다. 더더욱 충격적인 것은 초등학생들이 자살하는 것이다. 그들이 세상을 얼마나 살았기에 세상을 떠나는가? 단지 학교성적을 비관하고 왕따를 견디지 못해 스스로 목숨을 끊는 일을 생각한다는 것은 분명 기성세대의 책임이다. 언젠가 유행했던 '행복은 성적순이 아니다'라는 말이 이 시대에 꼭 필요한 말이다.

우리나라에서 하루에 자살하는 사람이 50여 명이라고 한다. 자살하는 사람이 많으면 선진국에 들어선 것일까? 아이러니한 일이 아닐 수 없다. 한때 미국에서는 청소년이 2분마다 한 명씩 자살을 하던 기록이 있다. 그때의 상황을 살펴보면 자살한 그들 모두가 유복한 집 자녀라는 점이다. 이 자살 유행의 큰 원인이 자살에 대한 전통 관념이 일그러진 데다가, 잘살게 되면서 잘살아 보려는 활력이나 달성 동기, 성취 욕구를 상실한 데 있다 하여, 미국 동부지방에서는 자녀들을 위해 '적당히 못사는 운동'이 벌였다고 한다. 잘사는 것하고 못 사는 것하고 어느 것이 쉬운가?

당연히 잘사는 것이 힘들다. 무엇이든지 잘하고자 하는 것은 잘하고자 하는 것만큼 힘들다. 그런데 세상을 꼭 그렇게 잘하고, 잘살고, 잘 먹고, 잘 입고 살아야만 하는가? 잘살기가 잘못 살기보다 몇 곱절 힘겨우니 적절히 어렵게 살기를 권한 현인들의 말이 새삼스럽기만 하다. 그러나 신앙 안에서 보면 사람은 누구의 형상으로 만들어졌는가? 당연히 하나님의 형상으로 만들어졌다.

하나님은 누구인가? 절대 주권을 행사하시는 창조주시다. 진리의 자체이시다. 그분의 형상대로 인간이 만들어졌는데, 그분의 형상을 싫다고 스스로 없애는 것은 진리에 반하는 것이다. 진리에 맞서서 반응하는 것은 자기 파괴를 가져온다. 독립적이기를 원하는 것은 죄의 결과이다. 에덴동산에서 아담과 하와가 선택한 것은 선악과를 따 먹는 것이었다. 그것은 하나님의 주권 아래 있어야 함에도 독립된 주체가 되기를 원한 것이다. 그것은 하나님의 뜻이 아니다. 그것이 바로 진리에 맞서는 행위였다. 그래서 그들이 얻은 결과는 무엇인가? 결국, 흙으로 돌아가는 것이다. 죽는 것이다. 그러니까 인간이 세상을 살아가면서 힘들다고 자살하고자 하는 마음은 어쩌면 인간이 타락했을 때 간직하고 있던 본능적인 모습의 발산인지도 모른다.

그러나 신은 인간이 그 형상을 버리고 죽는 것을 원치 않으신다. 그래서 하나님이 인간의 몸을 입고 이 세상에 오신 것이다. 그러므로 자살을 막을 수 있는 가장 확실한 방법은 예수님의 마음을 갖는 것이다. 예수님이 곧 진리이시기 때문이다. 다시 말해서, 독립적인 주체를 바꾸어

진리로 하나 되게 하기 위하여 이 세상에 오신 것이다. 예수님은 이 세상에서 공생애 삶을 사실 때 인간들을 위하여 세상을 이기는 방법을 직접 본을 보여주셨다. 이해하기 쉽도록 말이다.

그것은 용서이다. 복음이 곧 용서이다. 용서는 사랑이 동반된 말이다. 사랑의 열매는 용서다. 사랑은 우주 안에 최고의 법이다. 예수님은 세상의 모든 죄지은 자들을 용서하시고 어느 것 하나라도 죄책을 묻지 않으셨다. 그래서 인간들은 새로운 생명의 빛 가운데로 나아갈 수 있게 된 것이다. 간음하다 잡힌 여인을 사람들은 죽여야 한다고 아우성칠 때 예수님은 "너희 중에 죄 없는 자부터 먼저 돌로 치라."라고 하셨다. 그중에 아무도 돌을 집는 사람이 없었다. 그것은 그들도 죄를 짓고 있다는 것이고 본인들이 스스로 안다는 것이다. 그럼에도 예수님은 그들의 죄를 묻지 않으셨고, 잡혀 온 여인의 죄도 묻지 않으시고 "나도 너를 정죄하지 않는다."라고 하며 가도록 하셨다. 또 우리에게 보여주신 용서의 모습은 십자가 위에서 대속의 죽음을 죽으실 때 자기를 십자가에 못 박은 자들의 연약함을 용서하시고 하나님께 용서를 구했다. 이것이 진리다.

자살하도록 이 세대가 흘러가는 것은 획일주의적인 사상들을 가지고 있기 때문이다. 오직 나만을 위한 삶을 살기 때문에 생기는 현상이다. 우리 주변을 한번 돌아보자. 같이 가자. 관심을 두자. 좀 못 가졌으면 어떻고, 좀 못 배웠으면 어떻고, 좀 못났으면 어떤가? 죽고 싶은 자들이여, "당신을 용서합니다. 당신도 용서하십시오!"

바 람

겨우내 도도하게
찬바람 날리며

누구의 구애도 외면한
숫처녀 민둥산이

남녘의 사랑 바람에
움츠렸던 마음과

때 묻은 겨울옷
훌훌 벗어 던지고

하얀 눈과 계곡물로
목욕을 하고

연초록 바지에
노랑 저고리 입고

아지랑이 가마 타고
오시는 님

산 모루 돌아서
마중 가는구나

마주 앉은 사람

　요즘은 음식 문화가 발달하여 어떤 음식을 먹고 싶다면 얼마든지 먹을 수 있게 되었다. 어떤 때는 시간을 내어 먼 거리도 마다치 않고 달려간다. 음식점이 도시에서 떨어진 변두리에 있음에도, 사람들이 모이는 것을 보면서 '교회도 이래야 하는데.'라고 아쉬워하며 나 자신을 향하여 '설교를 잘해봐라. 거리가 아무리 멀어도 찾아오게 되어있다.'라고 스스로 질책을 하기도 한다. 때로는 문전성시를 이루는 집 앞에서는 기대를 걸고 자리에 앉는다. 그러나 식후에 가지는 감정은 만족하지 않을 때도 있다. '도대체 무엇 때문에 이 많은 사람이 모이는 거지?'라고 스스로 자문할 때가 있다.

　그런 걸 보면 꼭 음식이 맛이 있어서 모이는 것은 아닌 듯하고 어떤 분위기에 이끌려 오는 건가? 평소에 잘 가는 음식점이 있다. 아내하고 여기저기 다니다 보면 점심시간을 맞추지 못할 때 가끔 가는 곳이다. 보쌈정식인데 점심 특선으로 6,000원짜리다. 아내는 이 집의 김치와 조기 새끼 구운 것과 돼지고기 삶은 것이 입맛에 맞는 듯하다.

요즘은 나이가 들어서 그런지 음식 욕심이 없어졌다. 일, 이년 전만 해도 음식 욕심이 있어서 배가 불러도 남길 수 없다는 이유로 먹곤 했는데, 요즘은 어느 정도 먹으면 먹기가 싫어진다. 그러다 보니 뷔페는 돈 아까워 가지 못한다. 한 공기 정도 먹는 음식값으로는 비싸다는 생각을 하기 때문이다.

식당주인이 다정하게 맞이한다. 마주하고 앉은 아내의 모습을 보니 이제는 나이가 들어 보인다. 벌써 사십 년 가까이 같이 살았다. 부모와 함께 산 시간을 훨씬 지나 두 곱이 되어간다. '언제 그렇게 살았나?'를 생각하니 "너희는 잠깐 보이다가 없어지는 안개니라."라는 성경 말씀이 실감이 난다. 정말 순식간에 그 많은 세월이 지나갔다.

때로는 아내와 신앙 토론을 하면서 밤잠을 설치는 때도 있다. 피곤한 몸을 이끌고 기도회에 참석하고 난 다음 집에서 다리를 주물러주는 것은 고정 행사가 되었다. 아내는 암 수술을 세 번 하였다. 그럼에도 건강하게 잘살고 있다. 다리를 주물러 주는 것은 임파 부종으로 인하여 하루의 삶을 무리하면 다리가 붓는다. 어떤 때는 다리가 어린아이 허리통만 하게 붓는 때도 있다. 특별한 약이 없다. 마사지를 자주 하고 고무 스타킹(부종에 사용하도록 전체가 고무로 되어 신축성이 강한 스타킹)을 항상 착용하여야 한다. 그럼에도 저녁이면 다리가 부어있다. 그러면 내가 해야 하는 일은 그 부은 다리를 마사지하여 부드럽게 하는 일이다. 아내는 다리를 마사지해 주면 마음이 편한 모양이다. 어느새 코를 골고 잠이 든다.

아내하고는 맘이 잘 맞는다. 내가 아내의 맘을 맞춰주는 것이 아니라 아내가 내 맘을 맞추어 주는 예가 많다고 생각한다. 목회 20여 년의 세월은, 야곱이 애굽의 왕 바로와 대면하여 인사할 때 하던 말 "험악한 세월을 보내었나이다."라고 한 것은 그 삶이 얼마나 힘들었나를 표현한 말로 항상 마음속에 자리 잡고 있던 감정이 말로 표현한 것같이 나 역시 그렇다.

이렇게 아내의 다리를 주물러 줄 때면 가볍게 코를 골며 자는 모습을 보면서 지금까지 살아오면서 하루도 마음 편하게 해주지 못하는 남편의 손길에 힘든 시간들이 눈 녹듯이 녹아 잠들 수 있는 아내의 마음은 그 남편을 믿는다는 표현 같아 고맙다.

때로는 감당하기 어려운 목회현장에서 둘이 부둥켜안고 엉엉 울던 때도 있었다. 나보다 믿음이 더 성숙하여 때로는 이해하기도 하고 때로는 가슴 예리는 지적으로 내 내면의 정화와 다스림에 힘을 실어주기도 했다.

음식이 나왔다. 여느 때처럼 아내의 표정이 밝다. 생선을 발라준다. 아내는 젓가락질을 능숙하게 못 해서 늘 생선은 내가 발라준다. 먹고 싶을 때 기분 좋게 먹는 음식같이 그런 신앙과 그런 삶이었으면 좋겠다.

아내의 웃음

나는 가끔 아내가 환하게
웃는 모습을 본다
이런저런 일들이 복잡한데
같이 머리 맞대어 의논하고
연구하고 서로 보면서 웃는다

세상은 늘 우리가
원하는 방향으로 가는 것이 아니라
늘 반대쪽으로 가곤 한다
그러나 가끔은
맞아떨어지는 때도 있다

그러면, 아내에게
-이번에는 정말
당신 원하는 것 해줄게-
-평생을 들어 온 말에
내가 또 속 네- 한다

성품은 살아있는 생명체와 같다

　사람들은 성품에 따라 삶의 방향이 달라진다. 그러므로 그 성품에 맞는 직업을 택하여야 하고, 성품에 맞는 일을 하여야 하고, 성품에 맞는 자신의 이미지를 개발하여야 한다. 신앙을 가진 사람이 사업을 하든 사역을 할 때 그 신앙의 주체의 가르침을 따르는 모습으로 행하여야 한다. 성품은 실패와 성공과 부당한 대우와 고통에 대한 자신의 반응을 결정짓는 내면의 각본이다. 성품은 우리들의 삶의 모든 문제와 맞닿아 있다. 어떤 사건에 들어가 있다면 그때부터 일어나는 모든 일은 본인의 성품에 달려있다. 그 사건 속에 깊이 파고 들어가 원인이 무엇인지를 반드시 알아내고자 하든지, 아니면 중간에 포기하고 돌아서든지, 아니면 아무런 감각도 없이 되는대로 수용하든지….

　그러므로 성품은 살아있는 생명체와 같다. 성품이 성숙하지 않고, 정체된 상태로 있다면 인생을 낭비하고 있는 것이다. 아이가 태어나서 청소년이 되고, 장년이 되고, 노인이 되어 세상을 떠날 때까지의 과정은, 자연의 흐름에 따라 원하든 원치 않든 이루어져 가는 것이다. 그 과정에서 인생의 많은 경험을 통하여 그 나름대로의 성숙한 기간에 맞는 성품을 가진다. 그런데 그런 자연스러운 성품의 변화를 거슬려 자신의 인위적인 성품으로 만들어 갈 수도 있다. 그때 세상의 부정적인 관습에 편승하여 보여지는 시각대로 성품이 만들어지거나 변할 수 있다. 그것은 바람직하지 않은 모습이다.

어떤 모습으로 '나의 성품이 변화되어야 하겠다.'라는 것으로 변하는 것이 아니고, 어떤 모델을 통하여 본인의 의지를 다스려 닮으려고 하지만, 최종적인 모습은 본인의 의지에서 만들어지는 것이다. 그러므로 간과해서 안 되는 것은 성품에는 절대 기준이 있다는 것이다. 그 기준은 곧 신앙의 가르침이 주체가 되는 것이다.

성품의 네 가지 기준은 하나님과의 관계, 자신과의 관계, 다른 사람과의 관계, 공동체 관계이다. 그러므로 성품은 성격이 다른 사람들을 맞물리게 하는 윤활유이다. 진심으로 주님이 기뻐하시는 성품이 되려면 성령의 인도함을 따라 자신의 노력이 절대적으로 필요하다. 의식적으로 마음을 새롭게 하려는 결단이 없다면 새롭게 변해야 한다는 의식이 약한 것이다. 새롭게 함에 있어서의 노력은 본인들의 몫이다. 삶의 변화는 일회적 사건이 아니고 삶의 연속적인 방식의 결과이다. 해결되지 않은 상처가 있으면 분노, 적개심, 원한의 파괴력에 우리의 마음이 열린다. 이 셋보다 성품의 성장을 지연시키는 것은 없다. 이 셋은 반드시 척결해야 한다.

언젠가 모임에서 회의 도중에 서로의 의견이 맞지 않아 트러블이 있었는데, 그때 필자보다 10년쯤이나 연하인 사람에게 무시를 당하였는데,

같이 대항할 수가 없었다. 그때 마음의 상처가 생긴 모양이다. 자나 깨나 억울함이 풀리지 않았다. 그런 나의 모습이 성령께서 안타까우셨는지, 꿈속에서 그 당사자가 잘못했다고 하며 사과를 하였다. 깨고 난 다음 하나님께서 정말 세밀하게 지키시고 보호하시고 있다는 것을 체험했다. 그러므로 상처 준 사람과 화해하기만 하면 원한의 파괴력에서 벗어날 수 있다. 그래서 용서하기로 했다. 용서는 남을 위한 선물이 아니다. 용서는 나를 위해 마련된 선물이다. 내가 나에게 주는 것이다. 성품이 아름답게 형성되면 그것은 다른 사람을 위한 것이 아니라 바로 나 자신을 위한 것이다. 모두 다 인정하는 성품을 추구한다면 성령께 의탁하고 의존해야 한다.

호기심

손
흔들고
갔지만

앞선
흔적 때문에
기웃거리는 것

노점상

　어느 글에서 보니 각 나라의 깊이를 알려면 재래시장을 가보면 안다고 한다. 가끔 티브이에서 각 나라의 풍습을 전할 때 보면 어김없이 등장하는 것이 재래시장이다. 그들의 시장을 보면 우리나라 시장과 별반 다른 것이 없다. 양쪽에 상가로 만들어진 건물이 있고 그 가운데 노점상들이 있다. 넘쳐나는 인파를 상대로 호객하는 모습은 친근하다. 그 나라의 재래시장을 찾는 것은 그 나라 서민들의 애환이 담겨 있기 때문이리라. 그러나 그렇게 정착된 노점상들도 있지만, 단속에 신경 쓰며 생계를 유지하기 위한 노점상들도 있다. 그런데 외국과 우리나라가 다른 점은 그들은 노점을 관광상품으로 개발하였고, 우리나라는 골치 아픈 단속의 대상으로 존재하고 있다. 그것은 아직까지 우리나라가 공동의 의식관계가 정립되어 있지 않기 때문인 듯하다. 노점을 하는 사람들의 연령층을 보면 대부분 40~50대들이다. 이들은 우리나라 근대화에 끼인 사람들이다. 이때의 사람들은 전문교육을 받지 않은 상태에서 자식을 남부럽지 않게 키우기 위하여 물불 가리지 않고 일을 해온 사람들이 대부분이다. 지속적인 단속에 의해 많이 사라지긴 했지만, 아직도 노점을 통하여 가계를 이끌어 가는 수단으로 여기는 사람들과 단속반들과의 숨바꼭질은 계속되고 있다.

외국의 노점상들이 있는 곳에는 관광객들이 붐볐고 그곳 문화에 젖어서 그 나라를 익히곤 한다. 서독 도시들의 중심부에는 광장이 있고 그 광장은 밤 6시까지 노점 천국이라고 한다. 검약한 독일 사람들은 그 노점에서 감자튀김이나 소시지로 끼니를 때우고, 파리의 센 강 주변의 노점은 유명하다. 말레이시아에는 '쿠다이'라는 노점, 인도네시아에는 '와룬'이라는 노점, 태국에는 '루아지'라는 나룻배 노점이 길과 운하를 메우고 있다. 마닐라 대학가를 가로지르는 케손 대로도 노점가다. 도시의 외관미를 해친다 하여 철거령을 내렸지만, 죽 떠먹은 자리처럼 다시 모여들어 그전의 모습으로 되돌아간다고 한다.

우리나라에서 노점상의 거리라 부를 수 있는 곳은 어딘가? 바로 서울 한복판이다. 오래전에, 아주 오래전에 몇 년도인지도 모르는 때에 동대문 운동장 옆으로 돼지껍질을 볶아주는 철판구이 노점상들이 있었다. 배고플 때 먹어서 그런지 그때 먹은 돼지 껍질 철판구이의 맛이 아직도 혀끝에 아련하게 남아 있다.

동대문에서 청계천을 통하여 광교에 이르기까지 노점상들은 주머니 가벼운 셀러리맨들의 배를 채워주었고, 서글픈 인생살이를 토론할 수 있는 유일한 곳이었고, 없는 것이 없이 무엇이든지 다 있다던 노점상들은 청계천이 복원되면서 어디로 갔는지 모르겠다.

청계천 5가에서 동대문에 이르기까지 우리나라의 의류의 메카인 의

류상들이 밀집되어 있다. 오전 0시가 지나면서 그곳 일대의 고층 건물들은 불야성을 이루고 거리는 사람들로 넘쳐났고, 그 넓은 도로는 홍수 난 물결이 도도히 흐르는 것 같이 넘쳐나는 인파의 엄청난 힘의 여운을 감고 그 곁에 서 있는 사람은 그 광경에 익숙하지 않으면 정신이 혼미해진다. 그 흐름은 전국에서 모여든 차량과 장사꾼의 움직임이다. 손에는 큼직한 비닐 팩을 힘겹게 들고 택시 잡기에 분주한 억척스러운 아줌마의 발걸음이 야식을 파는 노점상 사이를 빠져나간다. 한밤중인데도 도로 좌우를 꽉 메우고 있는 모습은 정말 사람 사는 동네 같고 친근감이 든다. 조금 후면 썰물에 모든 것이 빠져나가듯, 질서정연한 모습을 남기고 사라졌다가 밀물이 밀려오면 다시 와서 그 자리를 채우고 목적하는 바를 이루고자 한다. 일회용 삶이 아니다. 정처 없는 삶 같지만, 의리가 있고 사람 냄새가 난다. 한번 사용하고 사라지는 것이 아니라 밤새 그 자리는 놀라운 변화와 새로운 것으로 채워지고 있다. 인생의 가장 기본적인 위치에 있는 노점들은 외국인이 접하고 싶은 그 나라 서민문화의 체온이지 치부는 아니다. 우리의 노점상도 관광객의 발걸음을 붙잡을 때가 되지 않았을까?

시간 속에는

사람들은 늘 이렇게 말하죠
오늘의 이 순간을
절대로 잊지 않겠다고
처음에는 다 그렇게 말합니다

모든 것은 한때
지나가는 구름과 같아서
가면 다시 오지 않고
온다 해도 똑같지 않습니다

세월 속에는
망각이라는 약이 있어서
먹기 싫어도 어느새 먹어지고
못 잊겠다는 말 기억 못 합니다

감성치유

감성치유는, '무의식을 건드리는 작업이다'. 많은 사람들이 인간의 의식과 무의식을 빙산에 비유하곤 한다. 물 위에 떠 있는 부분을 의식이라고 한다면 물속에 잠겨 있는 부분을 무의식이라고 한다. 인간의 행동과 심리를 말할 때 무의식은 의식보다 더 중요하게 다루어진다. 의식과 무의식의 통로가 다르기 때문이다.

의식의 통로가 이성이라면 무의식의 통로는 감성이다. 의식의 통로인 이성은 합리성과 논리성을 가지고 있는 반면, 무의식의 통로인 감성은 비합리성과 비논리적인 성향을 가지고 있다. 많은 사람이 감성과 감정을 혼동하는데, 감정은 외부적인 상황에 따라 쉽게 변하는 것이고, 그 감정이 표출되는 근본적인 시스템이 바로 감성이다.

정신 분석학에서는 뿌리 깊은 심리적 고통의 원인을 무의식에서 찾는다. 인간이 행복하기 위해서는 의식이 아니라 무의식이 변화되어야 하고, 무의식의 통로인 감성이 치유되어야 한다.

인간은 이성으로는 아무것도 변화시키지 못한다. 그러나 감성으로는 아주 쉽게 변화한다. 교회에서 은혜 받은 부부가 집에 가면 언제 은혜 받았느냐는 식으로 싸움을 한다. 남의 것을 탐내면 안 된다는 것은 유치원 때부터 배운 것이다. 그럼에도 불구하고 남의 것을 빼앗고 짓밟으려고 한다.

지도층에 있는 사람들은 무엇이 부족한지 부정부패를 일삼고, 그로 인해 가난하고 힘없는 사람들의 감정을 극도로 유린하곤 한다. 이와 같은 것은 이성이라는 의식통로만을 강조해온 결과이다. 그래서 아무리 많이 배웠다 해도 변하지 않는다. 그런 행동들이 나쁘다는 것을 안다. 술이 몸에 나쁘다는 것을 몰라서 술을 마시거나 담배가 해롭다는 것을 몰라서 피우는 것이 아니다. 변해야 한다는 것을 몰라서 변하지 못하는 것이 아니라 방법을 모르기 때문에 변하지 못하는 것이다. 감성이라는 통로를 통하여 저 깊은 곳에 자리 잡고 있는 무의식을 바꾸는 노력을 하여야 한다.

이런 모습을 한번 생각해 보자. 젊었을 때는 가급적이면 실패와 절망을 피해 다니지 말고 부딪쳐보라고 권하고 싶다. 때로는 억울한 일을 만나기도 하고 때로는 통쾌한 일을 만나기도 한다. 그곳에서 인생을 살아가며 어떤 것이 가장 아름다운 삶인가를 배우게 되고, 지혜로운 모습인가를 배우게 된다. 그것은 내가 그런 어려움 속에 있어 봤기 때문에 어떻게 하면 사람들의 마음이 아프고 괴로운가를 배우게 되고, 위로하는 법을 배우게 된다. 그래서 가슴속에서 우러나오는 말 한마디는 상대방의 마음을 움직이고 기쁨을 준다. 이것이 감성을 움직이는 모습이다.

고난은 인생의 스승이다. 세상이라는 곳에서 다가오는 고난을 통하여 인생을 잘 배워야 한다. 고난이 가득한 세상을 피해 다니면 나이 들어 남는 것은 비굴함과 아부뿐이다. 이것은 마음에 상처로 남아있는 모습이다.

토요일 아침에 K방송에서 하는 가족노래자랑이 있다. 하루는 나이 든 여인과 11살 된 아이와 팀이 되어 나와서 노래를 불러 1승을 했다. 그들은 봉사 활동하면서 만났다고 한다. 그들이 인터뷰하는 도중에 나이 든 여인이 어머니 이야기만 하면 눈물을 흘린다.

그 이유를 물으니 어머니가 돌아가시고 아버지가 홀로 남으셨는데, 그 모습이 안되어서 새 장가를 보내드렸다고 한다. 그러면서 먼저 가신 어머니에게 죄를 지은 것 같아 어머니 말만 나오면 눈물이 난다고 한다. 그리고 11살 난 아이는 할머니가 병원에 입원해 있는데 할머니 손에서 자기가 자랐는데, 그 할머니가 병원에 입원해 있어서 마음이 안쓰러워서 할머니 이야기를 하면 눈물을 흘린다. 갑자기 이야기하다 말고 눈물을 흘리니까 대화를 하던 아나운서도 당황했고 시청자인 필자도 의아했다. 그들이 눈물을 흘리는 이유가 뭘까? 현실 속에서 일어나는 사건들의 감정의식이 무의식으로 자리 잡지 않도록 해주어야 하는데, 그렇게 해주지 못함으로 말미암아 마음에 아쉬움으로 자리 잡고 있다가 그 비슷한 이야기를 하면 그때의 감정이 살아나는 것이다.

한 예로, 필자의 아내는 암 수술을 네 번 했다. 대장암 한 번 하고, 내막암 한번, 대장암은 7년 만에 재발하여 한 번 더 했고, 직장암을 최근에 했다. 그런데 아내는 자신이 암 수술한 것으로 인하여 어떤 불만을 이야기하면서 암 이야기만 나오면 과잉 반응을 나타내지 않는다.

아내가 암 수술 할 때 항상 그 곁에 남편인 필자가 지키고 있었다. 목회한다고 간병인을 쓰거나 자식들에게 대신 가서 병간호하라고 하지 않았다. 주일날 설교해야 하는 때만 토요일 오후서부터 주일 오후까지 다른 분에게 부탁을 했고, 그렇지 않으면 간호사에게 특별히 부탁하였다. 다른 날들은 늘 곁에서 간호하면서 신앙적인 이야기를 많이 했다. 어떤 여인은 자신을 비관하여 창문 밖으로 기어나가 자살하는 예도 있었지만, 아내는 조금도 동요하거나 마음에 두지 않고 오히려 다른 환우들을 위로하고, 같이 여기저기 모여 돌아다니면서 하루하루를 나름대로 즐겁게 보냈다. 마지막 직장암 수술을 2014년 3월에 했다. 그러니까 처음 암 수술한 지 23년 만이다.

아내는 지금도 새벽예배 마치고 여성회관에서 운영하는 수영장에 다닌다. 아내가 수영을 하기 시작한 것은 처음 수술을 하고 난 직후다. 의사의 처방에 운동은 평생 하여야 한다고 했기 때문이다. 이번에 수술하면서 쉬고 있는데, 살이 쪘다며 다이어트를 해야겠다고 한다. 그러나 암 수술한 것 때문에 절망적인 말은 하지 않는다.

병이라는 것은 누구나 걸릴 수 있고, 병에 걸렸다면 고치면 된다고 생각한다. 고난을 두려워하지 말라. 세상은 고난의 연속이다. 하루도 편한 날이 없다. 그대가 마음속에 부정적인 것들을 채우지 않고 털어버릴 수 있다면, 인생의 새로운 경지에서 다른 사람을 위로하고 보듬을 수 있다. 아무리 험난한 고난이라도 고난으로 끝나는 것은 없다. 반드시 그에 대한 열매를 맺게 되어 있다. 국민작가 이외수 씨의 글을 보면

젊었을 때의 삶은 말로 표현하기 어려울 정도로 고생했다. 그분은 내면에 어떻게 하면 인생에 승리할 수 있다는 것을 터득했다. 그의 글『절대강자』의 한 문구를 보면, "배고픔을 두려워 말고, 실패도 두려워하지 말라. 모래 속에서 살아가는 개미귀신도 한평생 배고픈 나날로 일생을 끝마치지는 않는다. 때가 되면 날개를 달고 명주잠자리가 되어 드높은 하늘을 비상한다."라고 했다. 그의 삶이 바로 명주잠자리와 같이 되었다는 것이다. 인생의 승리는 누구에게만 한정된 것이 아니다. 마음속에 미련을 남기지 말라. 그래야 발걸음을 빠르게 할 수 있다.

가끔 떠오르는 생각

경제개발이 시작되기 전
멀건 쇠고깃국에
둥둥 떠 있는 기름 덩어리를 혀로
짓이기던 때가 생각나는 것은
아마도 그때가 좋았나 보다

지금은 경제발전이
그때보다 수백 배 성장했지만
언제 쇠고깃국 먹어봤는지
기억에도 없는 것은
아마도 그 맛을 잃어버렸나 보다

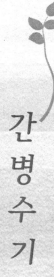

간
병
수
기

암 수 술 네 번 한 여 자

▌소견서를 갖고

아침 일찍 서둘러야만 했다. 단 몇 분이라도 늦을라치면 길게 늘어지는 도로가 짜증스럽기 때문이다. 그래서 일찍 부랴부랴 차를 몰고 나섰다.

그러나 곧 다른 사람도 나 같은 생각을 하고 있었던 모양이다. 경인고속도로의 통행료는 언제까지 내야 하는지 그곳을 지나 조금만 가면 김포에서, 송내 쪽에서 들어오는 차량들과 순식간에 경주 아닌 경주를 해야 한다. 조금이라도 시간을 단축시키고 싶은 마음에서다. 항상 이곳을 지나며 생각하는 것은 돈을 내고 들어서면 곧바로 밀린다는 것이다. 돈내기 전에 밀리는 것이 보이면 다른 길로 갈 수 있다는 생각에서다.

그렇게 밀리기 시작하면 곧바로 부천으로 나가는 차량과 들어오는 차량으로 또다시 뒤범벅이 되어 누가 좀 더 약삭빠르고, 누가 좀 더 빨리 차 앞을 들이대나 시합하기 바쁘다. 그래서 평소에 20분이면 넉넉하게 가는 거리를 장장 한 시간 이상씩 걸리며 가다 서다를 반복한다. 때로는 기다리다가 차 안에서 졸 때가 있다. 그러면 뒤차가 빵빵거리는 소리에 졸음을 누르며 가는 때도 있다. 그렇게 해서 도착한 곳이 원자력 병원이다. 오늘은 아내가 정기검진을 받는 날이다.

1998년도, 이곳에 처음 왔을 때 깜짝 놀란 일이 있었다. 암에 대한 지식이 전혀 없었던 나는

"웬 승려가 저렇게 많지?" 하며 같이 간 아내에게 물었다.

그때 옆에 있던 아내도

"그러게?" 하며 맞장구쳤었다.

항암 치료의 반응으로 머리가 빠진 줄은 모르고 원자력 병원하고 절하고 무슨 협력제도가 있어서 승려들이 와서 치료받는 줄 알았다.

동네 산부인과 병원에서 이곳에 가보라는 소견서를 가지고 온 것이 무슨 대단한 밀서인 양 산부인과 의사를 찾아가 당당하게 내보였다. 아내가 동네 병원을 찾은 것은 나름대로 이상한 느낌을 가졌기 때문이다. 소변을 보는데 이상하게 피가 섞여 나온 것을 예사롭게 여기지 않았다. 그리고 본인이 스스로 생각하기를 '내가 지금 암에 걸린 것 같애.'라며 조급한 마음이 자꾸 들었다고 한다.

그래서 근처에 있는 병원을 찾았더니 '폴립'이라고 진단이 나왔다. 그래서 간단한 처방을 받고 집으로 돌아왔으나 피가 섞여 나오는 것은 마찬가지였다. 한 달 후 다른 병원을 찾았고, 그곳에서 검사한 결과 암이라는 진단을 받았다. 그 병원에서 원자력 병원 산부인과를 찾아가라고 하여 아내와 같이 온 것이다.

소견서를 받아든 산부인과 김OO 과장은 정확한 진단을 위하여 정밀 검사 처방을 내렸다. 새로운 검사가 시작되었다. 그 검진 결과는 내막 암 2기로 나타났다. 그리고 입원을 하였다. 나름대로 정기검진도 받았는데, 암이라니…. 이것이 아내에게는 2번째 암이었다.

다른 사람들은 한 번 걸려도 사경을 헤매는데 아내는 두 번째 암에 걸린 것이다. 이해할 수 없는 현실이지만 사실인 걸 어쩌겠나.

그동안 열심히 살았다. 남에게 피해를 주지 않으려고 무던히도 노력했다. 그런데 아직도 살아온 것보다 살아가야 하는 시간이 더 많은데 그 많은 시간을 어떻게 살아가라고, 아니면 지금까지 살아온 것을 끝으로 인생을 마감해야 할지도 모른다는 생각에 더 마음이 아팠다. 아내를 병원에 입원시킨 뒤 주일날 예배드리면서 펑펑 울고 말았다. 이때 필자는 교회 개척한 지가 4년째 되던 해다.

불타는 마음으로 개척을 하여 열심히 하나님의 영광을 위하여 살고자 했다. 그런데 아내가 암에 걸렸지만 감사한 것은 보험을 들었는데 그 보험금이 나왔기 때문이다.

처음에는 보험 들 생각은 전혀 없었다. 그런데 교인 중 한 분이 보험 판매하는 분이 있어서 거절할 수가 없는 처지라 이것저것 묻다가 k 생명의 보험을 들게 되었다. 새로 개발한 보험 상품으로 아내는 60% 보상특약 상품을 가입했다.

보험 들고 얼마 안 있다가 아내가 몸이 아프다며 병원에 가서 진찰을 하였는데, 그때가 90일 만이었다. 그때 병원에서 '폴립'이라며 걱정할 것

없다고 하였는데, 계속 몸이 아파서 30일쯤 후에 다른 병원에 가서 진찰하였더니 암으로 진단이 나왔다. 이런 일이 있을 수 있을까? 하나님께서 개척교회 목사 가정을 얼마나 사랑하셨는지 그 사랑의 증표를 보여 주신 것이다. 보험회사에서도 90일 만에 병원에 가서 진찰한 기록이 있기 때문에 이 문제를 철저하게 조사를 했지만 결국 보험금을 지불하였다. 할렐루야! 하나님은 늘 우리와 함께 계셨다.

▌암 별거 아니야

나의 생활은 병원에서 집과 교회를 오가는 생활로 바뀌었다. 우리 두 사람은 수술하기 전에 주치의로부터 어떤 식으로 수술할 것이며, 수술하고 난 다음에 어떤 후유증과 어떤 결과가 올 것이라는 이야기를 들었다. 이제 앞으로는 여자로서의 기능은 모두 상실하게 될 것이라는 말도 들었다. 자녀가 둘이 있으니까 난소는 다 제거하는 것이 좋다고 한다. 그것은 재발을 방지하기 위한 것이란다. 나는 아무 말도 못 했고 아내가 오히려 담대하게 말도 하고 묻기도 한다. 서류에 사인하자 곧 수술 날짜가 잡혔다.

수술 날 수술하러 침대에 실려 수술실로 들어가기 전에 나는 아내를 붙잡고 간절히 기도했다. 아내가 수술실로 들어간 지 서너 시간 후에 전신 마취된 상태로 나왔다. 조금 전까지만 해도 같이 이야기하고 웃던 사람이 사람 같지 않은 모습으로 나왔다.

그리고 곧바로 병실에 옮겨졌는데 인사불성이다. 아무리 흔들어도, 말을 해도 도무지 감각이 없다. 담당의사 말로는 수술이 잘되었다고 한다. 걱정하지 말란다.

나는 근처의 시장에 가서 카세트 녹음기를 하나 샀다. 그것은 항상 머리맡에 놔두었다. 언제나 찬양과 말씀을 들을 수 있도록 하기 위함이었다. 그리고 이불도 사고, 병원 생활하는 데 필요한 것들을 샀다. 아내에게 필요하다고 생각되는 것들을 샀다. 우리는 일가친척이 많지 않아서 병간호해줄 사람이 없다. 그래서 내가 아내 곁에 항상 붙어있었다. 남의 사정도 모르고 그런 우리의 모양이 다른 환자들의 눈에는 좋게 보였던 모양이다. 그래서 잉꼬부부라는 애칭도 받았다.

나의 평소의 생각은 병원에 왔을 때 슬픈 표정을 짓고 이야기하는 것보다는 밝은 표정으로 우스갯소리를 하여 환자로 하여금 즐겁게 해주어야 한다는 생각을 하고 있었다. 그래서 항상 아내를 웃겨주려고 노력했다. 한번은 지나가던 간호사가 와서 "무슨 좋은 일 있어요?" 하고 궁금해하며 묻는다. 그리곤 한마디 경고를 하는데 '너무 웃으면 수술한 곳 실밥이 터지는 수가 있으니까 조심하라'고 한다. 웃지 말라는 경고의 말치고는 아주 효과적인 말이었다. 그러나 "웃다가 꿰맨 곳이 터지면 어떻게 되지?" 하면서 또 웃었다. 아내는 웃을 때마다 엄청나게 괴로워했다. 배에 힘을 주어야 하기 때문에 남산만 한 배를 끌어안고 웃을 때 배가 아파하는 모습은 더욱 웃겼다.

우리는 암 수술이라는 것은 한 번 걸리면 인생이 끝나는 줄 알았다. 처음에는 '큰일났다.'고 하며 걱정을 많이 했는데 막상 수술을 끝내고 병원생활을 하면서부터는 '별거 아니구나.'라고 생각하였다.

"암, 별거 아냐! 맹장 수술하고 몇 바늘 꿰맸다고 생각해."

암에 걸렸다는 것이 인생에 부끄러운 일도 자랑할 일도 아닌, 그냥 평범하게 걸릴 수 있고, 또 얼마든지 나을 수 있는 것이라고 생각했다.

수술한 사람에게 운동은 필수적이어서 주치의나 담당 과장 의사는 만날 때마다 운동할 것을 강조한다. 운동하여야 흐트러진 창자가 제자리를 빨리 잡는다고 한다. 아내는 수술하고 난 다음 뱃속에 있는 불순물들을 빼내기 위하여 옆구리에 구멍을 두 개 뚫어 호수를 꽂아 두었다. 그곳으로 계속 핏물이 흐른다. 그 호수를 뺄 수 있는 기간은 정해져 있지 않고 다만, 그 물이 핏물이 아니고 맑은 물이 흐를 때까지 꽂고 있어야 한다고 한다. 그 물이 맑게 나오도록 하려면 운동하는 것이 가장 빠르다고 한다. 그때 당시 원자력 병원 주차장을 상당히 넓었다. 그 넓은 주차장 이곳에서 저쪽 끝까지 둘이 걷고 또 걸었다.

날씨는 제법 추워지기 시작했다. 어떤 때는 병원 앞 주차장(지금은 암센터 건물이 세워져 있음)을 운동 삼아 아내와 나는 기구(배에 꽂은 호수와 연결된 병, 또는 팩을 담을 수 있도록 만든 장비)를 끌고 돌았다. 우리는 그곳을 한번에 30바퀴씩 돌자는 약속을 했다. 그래서 아내는 기구를 잡고 있고 나는 기구를 밀고 다녔다. 그 넓은 주차장을 이 끝에서 저 끝까지를 걸음으로 세고 다녔다. 수술자리가 아파서 제대로 걷지 못하겠다고 해도, 그래도 운동을 하여야 한다고 하며 팔을 끌었다. 그리고 걸으면서 많은 이야기를 했다. 그것은 살고자 하는 본능적인 몸부림이었고 하나님의 인도 하심이었다.

사랑이란 무엇인가?

사랑의 표현

사랑이란
둘이 맞잡은 화폭
아름다운 꿈을
그려 넣는 것

사랑이란
둘이 가는 오솔길
길이 좁아지면
업고 잡고 가는 것

사랑이란
언제나 다가가는 것

때론 얄밉고 보기 싫어도
그래도 바라보는 것

사랑이란
남에게 주는 것
아낌없이 그를
위해 존재하는 것

사랑이란
강력한 에너지원
연약함과 초라함에도
함께 공급받는 것

아내를 생각하며 습작했던 시, 「사랑의 표현」이라고 이름 붙인 졸작이다.

사람은 죽음의 골짜기를 거닐어 봤다든지, 아니면 그 비슷한 경험을 해본 사람은 인생이 무엇이며 인간이 어떤 존재라는 것을 깊이 느낄 수 있다. 인간은 아무것도 아니다.

다만, 숨 쉬고 있을 때만 인간이지, 코의 호흡이 없을 때는 그 순간부터 아무것도 아니다. 그 순간부터 아무도 그와 함께하여 주지 않는다. 어제까지 한방에서 한이불 덮고 자던 사람이라 할지라도 그의 코에서 호흡이 끊어지는 순간부터 한이불 쓰지 않는다. 인간이란 이처럼 한순간 피었다가 쓰러지는 들풀과 같은 존재이다. 그 놀라운 진리를 깨닫는 순간 인간은 온갖 욕심이 사라진다. 세상의 명예, 권력, 부귀, 아무것도 아니라는 것을 알게 된다.

단지, 지금 내가 살아있는 동안 밥 세끼 먹고, 바람 불 때 바람 막아 줄 곳이 있으면 되고, 잠잘 때 눈비 맞지 않을 허름한 장소라도 있다면 된다는, 아주 단순하지만 오묘한 진리를 깨닫고 만족해한다. 비록 시간이 흐를수록 망각해 버리지만 말이다.

아내의 모습을 본다. 지금 이 여자에게 필요한 것이 무엇인가? 배에 구멍을 뚫고 양쪽에 호수를 꽂아 그곳에서 맑은 물이 나오기를 바라고, 요도에도 호수를 꽂아 오줌을 받아내는 팩을 달고 있는 이 여자에게 필요한 것이 무엇인가?

다이아 반지? 돈? 옷? 화장품? 글쎄, 이 여자에게 필요한 것은 지금

당장 주렁주렁 달고 다니는 호수를 뽑는 것과 열심히 운동(걸어 다니는 것)하고 나면 땀에 젖은 몸 씻고 깨끗하게 빨래 된 환자복 한 벌 입고 느끼는 개운함이 전부일 것이다. 더 이상 바랄 것도, 요구할 것도 없다. 그렇다면 그가 지금의 상황에서 그런 평안을 가지고 용기를 잃지 않는 방법은 무엇인가? 살고자 하는 의욕을 가질 수 있는 것은 무엇인가? 그것은 사랑이다.

그래, 이 여자가 사는 방법이 있다면, 희망을 잃지 않고 살아가는 방법이 있다면, 그것은 사랑의 힘이다. 누군가에게 긍휼함을 받고 있다는, 누군가에게 보호함을 받고 있다는, 누군가의 사랑이 자기를 향해 있다는 것을 확신하는 것이다. 그 확신을 느낄 때 자신감을 얻을 것이고 살아야 한다는 의욕을 가질 것이다.

하루하루가 똑같은 생활의 반복이었다. 아침에 일어나서 병원 교회에 가서 예배드리고, 주차장에 가서 아침 나올 때까지 발맞추어서 운동하고, 아침 먹고 편안하게 한숨 자고, 점심 먹기 전에 또 운동하고 점심 먹고, 같이 운동하기 위해 걸어 다닐 때에는 이야기하고, 혼자 걸어 다닐 때는 옆 병실 마실 다닌다. 그리고 어느 정도 걸어 다닐 수 있는 사람들을 선동(?)하여 떼를 지어 병원을 돌아다닌다. 언젠가는 환자복 입은 여자 대여섯 명이 밖에 있는 것을 보았다. 그래서 자세히 보니 거기에 내 아내도 있었다.

"왜? 이렇게 돌아다녀요?"

하니까 여자들이 한꺼번에 까르르 웃으며 저마다 한마디씩 하는데 환자들 같지가 않았다. 알고 보니 병원 후문 쪽으로 가면 밖으로 나가는 길이 있단다. 그리로 나가서 바람 쐬고 온다고 한다. 아무튼, 아내는 환경에 적응을 잘하는 편이어서 사람들과 잘 어울렸고, 그렇게 몰려다니면서 병원생활을 지루하게 하지 않았다. 그러니 저녁에 잠잘 때에도 한번에 새벽까지 곤히 잔다.

밥 잘 먹고 변 잘 보고 처방대로 잘 따라 하고 마음이 건강하니까 회복도 빨랐다. 그래서 아내는 퇴원하여 집으로 왔다.

다시 병원 응급실로

집에 돌아왔지만, 아내는 하얀 얼굴에 야윈 모습으로 누가 보아도 금방 환자라는 것을 알아볼 수 있다. 병원에 있을 때에는 환자 같지 않더니 집에 오니 환자의 모습이 역력하다.

그런데 다행인 것은 아내는 항암 약물과 방사선 치료까지 했는데 머리는 약간 빠지는 듯하더니 안 빠졌다. 처음 입원할 때에는 가발을 준비하여야 한다고 하며 어떤 머리 스타일이 좋겠느냐며 의논하곤 했는데, 치료가 끝날 때까지 머리는 약간 빠졌을 뿐 표시 나게 빠지지는 않았다.

집에 돌아온 아내는 몸에 좋다는 것에 대해서 마음을 쓰는 것 같았다. 같이 치료받았던 사람들과 연락이 되어 그들에게 이것저것 물어보고 그것을 구하러 다니곤 했다.

병원에서는 의학적으로 정립되지 않은 민간요법의 약들을 사용하지 말라고 했다. 그러나 병을 안고 있는 아내는 그런 말이 귀에 들어오지 않았다. 그래서 병원에 있을 때 계속해서 홍보지를 전해주던 회사를 찾아가 치료 상담도 받곤 했다.

사람은 자신의 연약한 부분에 더욱 민감해지는 모양이다. 그래서 주위에서 이런저런 말을 하면 거기에 귀가 솔깃하여 마음이 움직인다. 그래서 이번에는 체질을 바꾸어준다는 어느 회사를 찾아갔다. 그 회사는 소금으로 제품을 만드는 회사였다. 한때 소금으로 체질을 바꾼다며 선풍적인 인기를 끌던 회사이다(지금 전도를 열심히 하는 모 소금 회사는 아니고, 16년 전에 있던 회사임). 아내하고 같이 그 회사에 방문하여 그들이 설명하는 식생활을 듣고 보았다. 그들은 채식주의자들이었다.

그리고 자기들의 회사에서 나오는 소금물로 밥을 말아 먹는 것은 물론이고, 피부병과 눈병 등 질병이 있을 때 그 소금물을 사용하면 깨끗이 낫는다고 하며, 장기적으로는 체질을 변화시켜 질병에 걸리지 않도록 한다는 것이다. 그들이 주장하는 말을 들어보면 인간의 몸은 70%가 물인데 그 물이 썩어서 병에 걸린다는 것이다. 그래서 자신들이 만든 회사의 제품은 인체의 물과 가장 흡사하게 만들었기 때문에 변질된 몸의 수분을 바꾸어서 체질을 변화시킨다는 것이다.

아내는 몸에 대한 집착이 아주 강해졌다. 어떻게 해서든지 자신의 연약한 것을 건강하게 해서 다른 사람들과 똑같은 몸을 만들기 위해 노력하였다. 그곳에서 가르쳐준 대로 복용을 하였는데 시간이 흐름에 따라 아내의 배가 불러온다. 점점 식사도 못 하게 되었다. 그래서 나는 아내를 위해서 죽을 만들어주기 위해 요리책을 구입하여 입맛에 맞을 만한 죽을 만들어 주었다. 그런데 점점 배가 불러오고 대변보는 횟수가 줄어들기 시작하더니 급기야는 대변을 전혀 못 보았다.

혹시 무엇을 잘못 먹어서 그런가 하고 개인적으로 다니던 병원에, 또는 제품 회사에 문의했으나 모두 시원한 대답들을 해주지 않는다. 시간이 흐름에 따라 이제는 죽도 먹을 수가 없을 정도가 되었다. 음식물을 넣으면 모두 토하는 것이다. 이때가 수술 끝내고 집에 온 지 3달 만이다. 왜 그럴까? 고민이 생겼다. 왜 그럴까? 수술은 아주 잘 되었다고 하는데 이젠 음식을 전혀 먹을 수가 없을 지경까지 되었다. 가까운 병원에서는 잘 모르고, 여기저기 돌아다니다가 엑스레이 전문 병원을 찾았다. 엑스레이 촬영을 하고 보니 아내의 장을 보고 까무러칠 정도로 놀랐다.

뱃속의 장의 모습이 중간마다 풍선처럼 부풀어 올라있었다. 왜 그렇게 되었는지 알 수가 없었다. 그런 현상이 생기는 것은 장이 움직이지 않기 때문이라 한다. 움직여도 아주 미세하게 움직이는 것이다. 그래서 장에서 발생하는 가스가 항문을 통하여 밖으로 배출되어야 하는데, 배출이 안 되니까 장 안에서 팽창되어 장이 꽈리처럼 중간 중간이 부풀어 오른 것이다. 그러다 보니 장이 풍선처럼 되어 임신한 여인의 배보다도 더 불렀다. 이러다 장이 터지면 그 자리에서 즉사하는 것은 두말할 것도 없는 현실이다. 나는 아내를 데리고 원자력 병원 응급실 문을 두드렸다.

응급실 담당의사는 아내의 챠트를 찾아보더니 전이되지는 않았나 하는 생각과 함께 약을 주었다. 약을 먹다가도 아프면 지체하지 말고 병원으로 빨리 오라고 하는 말과 처방전을 가지고 집으로 왔다.

그러나 달라진 것은 하나도 없었다. 병원에서 준 약을 먹을 수가 없었다. 배는 점점 더 부풀어 오르고… 더 이상 기다리다가는 사람이 죽이게 생겼다. 배는 만질 수가 없을 정도로 팽창되었다. 하루 만에 다시 병원 응급실을 찾았다. 퇴원한 지 3개월 만의 일이다.

대장암 2기- 세번째 암

응급실에 입원한 아내는 바로 코로 호스를 집어넣어 위에 있는 배설물을 꺼내는 조치를 하였다. 그리고 바로 입원수속을 밟았다. 그런 아내의 모습은 처음 수술할 때의 모양보다도 더 심각한 상태가 되었다. 입원하는 데에는 산부인과 과장의 수고로 병실이 없는데도 다른 과에 부탁해서 입원이 되었다.

이때부터 아내는 또다시 정밀검사를 하였다. 그러나 링거 한 병 꽂아주고 별다른 처방을 못 내리고 있다. 아마 퇴원한 지 얼마 안 되었기 때문인 것 같다. 주치의 말에 의하면 별다른 치료방법이 없다고 한다. 우선 장이 움직이지 않으니까 음식물 섭취가 불가능하므로 운동을 하여 장이 움직이도록 하여야 한다는 것이다.

운동? 허 참! 운동이 그렇게 중요한 것인가? 아내와 나는 또다시 주자창을 돌았다. 이번에는 그전처럼 기구를 끌고 다니는 것이 아니다. 아내는 장운동이 안 되고 있기 때문에 코로 호수를 집어넣어 위에 있는 노폐물들을 밖으로 나오게 하여 그 끝에 눈금 표시가 된 병을 달고 다녔다. 나는 옆에서 그 호수에 달린 병과 팔에 꽂은 링거병을 어깨에 메고 다정하게, 사이좋게, 팔짱 끼고 발맞추어 걷고 또 걸었다.

한 달여 일을 아무것도 먹지 못하고 잠자고 일어나면 운동을 하였다. 누가 옆에서 같이 움직여주지 않으면 하기 힘든 일이었다. 같은 방 아내 옆에 역시 대장이 움직이지 않아서 입원해 있는 여자 분이 있었다. 그분은 나이가 60세라고 했다. 그런데 그분은 항상 혼자 있다. 아들이나 며느리는 구경하기도 힘들다. 그분도 다른 치료법이 없고 운동하는 것이 유일한 치료법이라고 했다. 그래서 우리 나갈 때 같이 나가곤 했는데, 때때로 힘들 때는 안 나가곤 했다.

몇 달 동안 있으면서 그분의 아들을 한 번인가 본 것 같다. 물론, 식구들끼리는 다른 곳에서 만났으리라 믿어지지만….

시간이 흐름에 따라 부풀었던 배가 꺼지기 시작하였다. 그 대신 아내의 몰골은 말이 아니었다. 아내의 정밀 검사는 계속되었다. 그러나 의사의 말은 '이상하다'는 것이다. 전이도 안 되었고, 다른 곳에는 이상이 없는데 왜 장이 움직이지 않는지 모르겠다는 것이다.

검사를 하고 또 했다. 원인을 알아야 치료를 하고 처방을 할 수가 있기 때문이다.

지칠 대로 지친 아내의 모습은 걸어 다니는 송장 바로 그것이었다. 계속되는 검사에서 최종적으로 나타난 것은 장에서 이상이 있는 것을 발견하였다. 장에 아주 작은 상처 같은 것이 발견되었다. 그것을 조직 검사하였다.

며칠 후에 담당의사가 나를 부른다. 가보니 아주 심각한 표정을 짓고 있다.

"왜 그러세요?"

하며 나는 애써 밝게 물어보았다. 그랬더니 선뜻 대답을 못 하면서 조금 후에

"실은 김희○ 님, 대장암 2기입니다"

"뭐요? 대장암이라니요? 그럼 전에 검진할 때 내막암은 발견되고 대장암은 발견 안 된 겁니까? 꼭 내막암만 나타나도록 검사를 한 겁니까? 세상에 이런 일이 어디 있습니까?"

나는 도저히 이해할 수 없었다. 불과 3개월 만에 새로운 암이 다시 생긴 것이다.

담당의사는 환자 앞에 무슨 죄지은 사람처럼 말을 잊고 있었다. 의사들이 가장 힘든 때가 이런 때가 아닌가 싶다. 아무튼, 아내는 새로운 암에 걸린 것이다. 아무리 부인해도 사실은 사실이다.

불과 3개월 만에 전이된 것도 아닌, 다른 종류의 암이 또 생겼다는 말을 어떻게 해석해야 한단 말인가? 나는 기가 막혔고, 의사는 할 말을 잃었다. 그때 아내가 들어왔다. 기다리다 궁금함을 이기지 못하고 들어온 모양이다.

▌7년 전 대장암 수술- 첫 번째 암

"왜들 그래요? 결과가 안 좋은가 보죠?"

아무 말도 없는 나를 한번 바라보고 의사에게 묻는다.

"왜 그래요? 뭐가 안 좋은가 보죠? 괜찮아요. 어떤 말을 해도 저는 괜찮아요."

의사는 할 수 없다는 식으로

"김희○ 님, 대장암 2기로 나타나네요."

"그래요? 그럼 어떻게 해야 하죠? 또 수술해야 하나요?"

"글쎄요. 수술한 지가 얼마 안 되어서…"

의사는 말을 잇지 못한다. 담담한 아내의 말에 의사도 놀란 듯 할 말을 잊고 있다. 이런 경우 대부분 울고불고 난리가 났을 텐데, 그게 아니고 현실을 그냥 그대로 받아들이려고 하는 아내의 모습을 보고 놀란 것 같다.

담당의사가 묻는다.

"혹시 전에 암 걸린 적 있었습니까?"

"예. 7 년 전에 대장암 수술했어요"

"그래요? 어느 부위였죠?"

"예, 맹장 부근으로 알고 있는데요?"

"그렇군요. 같은 종류의 암인 것 같습니다."

"그래요? 그때 수술을 깨끗하게 잘 되었는데. 벌써 칠 년이 지났는데 또 대장암이라구요? 그것도 수술하기 전에 정밀검사 받을 때는 아무 이상 없다가 수술 잘 받고 난 다음에 발견될 수도 있는 겁니까?"

"글쎄요. 이런 경우는 드문 일이라서…. 그러나 문제는 수술을 할 수 있느냐는 겁니다."

"왜요?"

"방사선 치료를 한 다음에는 어느 정도 기간이 지나야 그 자리를 수술할 수 있는데, 김희○ 님은 수술한 지 얼마 안 되었는데 또 수술해야 하거든요. 그런데 나중에 안 붙으면 그때는 큰일입니다. 그리고 전에 수술받았던 병원 가셔서 그때의 수술기록을 받아오세요."

세상에 이럴 수가 있나? 암 수술을 세 번씩 하는 사람도 있나? 한 번도 죽네사네하는데 세 번씩 암 수술을 해야 하다니? 그뿐인가? 해도 잘 아물지 안 아물지도 모른단다.

정말 기가 막혀 말이 안 나왔다. 아내에게 뭐라고 위로의 말을 해야 할지 몰랐다.

"우리 기도하자."

아내에게 내가 해줄 수 있는 말은 그게 전부였다. 사람이 살고 죽은 것은 하나님에 의해 좌우되는 것이지, 인간이 아무리 살고자 한들 그게 마음대로 되는 것인가? 지금 아내의 모습을 봐도 그렇다. 암 수술을 몇 번씩 하면서도 살아있다는 것은 분명 신의 도우심이 있는 것이 분명하다.

"우리 기도하자, 당신 수술 잘된다. 걱정하지 마."

칠여 년 전에 대장암 수술받았던 인천 ○○병원으로 갔다. 구조가 많이 달라졌다. 이 층의 환자 방이 외과 진료실로 바뀌어 있었다. 기다렸다가 그때 담당 의사를 찾았다. 이름은 기억이 안 나기 때문에 무조건 외과 의사만 찾았다. 마침 나오시는 의사를 보는 순간, 그때 얼굴이 어렴풋이 기억이 난다. 그때보다 얼굴에 수염이 많다. 힘든 모습이 역력하다.

"저, 수술 기록표 좀 떼러 왔는데요."

"어디다 쓰시려고요?"

"예. 아내가 원자력 병원에 입원했는데요. 대장암이라고 합니다. 그래서 칠 년 전 쯤에 이곳에서 대장암 수술을 했기 때문에 그때 수술기록이 참고가 된다고 해서요."

"그러면 이리로 오지, 왜 그리로 갔습니까?"

구구하게 설명하고 싶은 마음이 없어서 가만있었다.

얼마 전에 아내가 가스차서 배가 부풀어 오를 때 이곳에 먼저 왔었다. 그런데 발견되지 않았다. 그래서 엑스레이 전문병원을 찾아 장 촬영을 해서 장이 부풀어 오른 것을 알고 원자력 응급실을 찾은 것이다.

" 이름이 뭐죠?"

"김희○이에요."

의사의 손에는 아내의 병과 기록 챠트가 들려 있다.

"음, 그런데 대장검사는 안 하셨네요."

"예. 어디가 아프다고 하면 병원에서 왜 그런지 찾아 진료하는 거 아닌가요?"

"그야 그렇죠."

의사는 할 말이 없는지 그때 기록을 프린트해서 준다.

원자력 병원에서는 챠트를 보고 난 다음 며칠 후, 또다시 수술 날짜가 잡혔다.

세 번째 암 수술

아내는 산부인과에서 외과병동으로 옮겨졌다. 담당의사는 황대○ 외과 과장이었다. 이분과의 인연으로 지금도 계속 정기검진을 받고 있다. 모든 분이 참으로 감사하다. 언제나 환자들을 편안하게 해준다. 산부인과 과장님은 수더분한 분위기로 환자를 편안하게 해주고, 외과 과장님은 약간 벗어진 듯한 이마는 시원스럽고 큰 눈은 다정감을 준다.

아내가 빠른 날짜에 수술할 수 있었던 것은 병원 내 여러분의 도움이 있었다. 황 과장의 수술일정은 꽉 짜여 있었다. 그래서 순서를 기다리다가는 언제 수술을 할지 몰랐다. 그래서 다른 사람들 수술하고 난 다음의 시간을 잡았다. 이렇게 한 데는 산부인과 과장님의 적극적인 힘이 있었다. 응급실에 실려 왔을 때 우리가 찾은 분은 산부인과 과장이었다. 그는 자기에게서 내막암을 수술받았는데 불과 3개월 만에 초주검이 되어 온 모습이 속상했던 것 같다. 그래서 입원병동이 없으니까 다른 과에 부탁해서 입원하게 하였고, 산부인과 병동이 나오니까 다시 옮기도록 배려해 주었다. 그리고 대장암이라는 결과가 나오자 외과로 옮겨주었다. 때마침 외과 과장님이 미국으로 세미나 가기로 스케줄이 잡혀 있었던 모양이다. 그러므로 갔다 오면 너무 시간이 오래 걸릴 것 같았으므로 수고스럽더라도 다른 사람 끝난 다음에라도 해줄 수 없느냐고 부탁을 한 것 같다.

우리의 사정을 알았는지 황 과장은 흔쾌히 승낙하여 다른 분 수술 다하고 난 시간에 수술을 하기로 한 것이다. 그래서 인심 좋고 마음씨 좋은 외과 과장님에게 아내의 몸을 또다시 맡기었다.

아내는 또 침대카에 또다시 몸을 뉘이고 수술실 안으로 들어간다. 멋모르고 들어가는 것도 아니고 뻔히 자신의 몸을 어떻게 한다는 것을 알면서 수술하러 들어가는 마음이 어떨까?

아내의 손을 꼭 잡아 주었다.

'걱정하지 말라'는 뜻이다.

아내도 아는지 입가에 흐릿한 미소를 띤다.

다른 의사들도 아내가 관심의 대상이 되었던 것 같다. 생각보다 수술 시간이 길었다.

맨 마지막 수술이기 때문에 시간도 늦은 시간이었고 복도에는 왔다 갔다 하는 사람들이 한 명도 없다. 수술실 밖에는 나 혼자 초조하게 앉아 있었다. 내가 할 수 있는 유일한 길은 내가 믿고 지금까지 살아왔던 하나님께 기도하는 것 외에는 없었다.

병원 복도 의자

고통의 소리는
두려움과 후회를
동반한 낮아짐의 모습

그들이 한숨 섞인
애환을 토로할 때
묵묵히 듣고 있었고

천사와 악마가 싸울 때
어느 쪽도
편들지 못했다

삶과 죽음의
기로에 있을 땐
기도했으며

사랑과 헌신의
모습 앞엔
손뼉 치며 기뻐했다

때늦은
속죄의 눈물을
이해하려 했으며

애통하며
오열하는 모습을
뿌리치지 못했다

어느 누구와도
함께 하기를
주저하지 않았으며

모두 다 잠들고
의지 없을 때
묵묵히 그 곁에 있었다

「병원 복도 의자」라는 졸작이다.

아내가 침대카에 실려 나왔다. 눈물이 앞을 가린다. 세상이 이럴 수가 있나? 병실로 실려가는 아내를 따라가며 흐르는 눈물을 주체할 수가 없었다.

"나 만나서 고생만 시켰는데…."

하는 생각에 더없이 마음이 아프다.

다른 사람들이 느끼고 추구하는 외적인 행복보다는 내적인 삶의 보람으로 행복을 추구하는 아내가 모든 사람이 두려워하는 암 수술을 세 번씩이나 한다는 것이 너무 마음을 아프게 하였다. 그러나 극한 상황 속에서도 믿음으로 담대하게 대처하고 맡기는 아내의 믿음에 감사한다. 그런데 나는 자신을 되돌아보며 왜 그리 못 해준 것들만 생각이 나는지….

또다시 퇴원

얼마 후, 아내는 의식이 돌아왔다. 무슨 말로 위로해야 할지 몰라 아무 말도 하지 않고 손을 꼭 잡았다. 또다시 입원생활이 시작되었다. 아내는 대장을 상당히 많이 잘라낸 것 같다.

그리고 방사선 치료를 하고 난 다음이기 때문에 과연 잘 붙을까 하는 걱정이 되었다. 의사들은 아내에게 많은 관심을 가졌다. 이런 경우는 극히 드물기 때문이다.

아내는 또다시 옆구리 양쪽에 구멍을 하나씩 뚫고 그곳에 호수 하나씩을 박아 놓았다. 그리고 소변을 보기 위해서도 앞에 팩을 달아 놓았다. 또다시 우리는 처음에 수술할 때와 같이 운동을 하였다. 상처는 다른 사람들보다 아무는 시간이 좀 길었다.

아침마다 병원 교회에 가서 예배드렸다. 이렇게 살게 하신 주님의 은혜가 감사했다.

나는 사람들에게 신앙을 가지라고 말하고 싶다. 아내가 이렇게 암 수술을 세 번씩 하고도 살아있다는 것은 인간의 의지로 된 것이 아니다.

이 땅을 창조하시고 인간을 만드신 그 하나님께 모든 것을 맡긴 그 믿음이 살리신 하나님의 전적인 은혜이다.

시간이 흐름에 따라 미음을 먹고 죽을 먹었다. 그러나 음식을 먹으면 바로 화장실로 뛰어가야 한다. 창자가 짧기 때문이 음식물을 흡수되는 것이 적어서 남은 것은 모두 배설되었다. 어떤 때는 바지에 묻히는 때도 있다.

그러면 욕실에 같이 들어가 거들어 주어야 했다. 부부라는 것 정말 필요한 존재이다. 힘들고 고생스러울 때 옆에서 희망을 주고, 용기를 주고, 새로운 소망을 찾아갈 수 있도록 해주고, 같이 가는 동반자로 꼭 필요한 존재이다.

저녁에는 찬바람이 분다. 아내와 같이 병원 주차장을 돈다.

"이제는 수술할 때가 없겠지? 또 수술할 일이 생긴다면 그때는 수술 안 하고 그냥 죽을 거야."

그 말이 왜 그리 가련하게 들릴까?

"이제는 암 때문에 병원 올 일은 없을 거야."

병원이라는 곳은 죽음과 삶의 기로의 갈림길과 같은 곳이다.

한 번은 한 방에 있는 사람 중에서 자신의 처지를 비관하여 스스로 목숨을 끊은 예가 있었다. 화장실 창문을 통하여 몸을 밀어낸 것이다. 조금 전까지만 해도 같이 이야기하며 웃던 그 여인이…. 이제 40세 전후한 듯한데, 아이들도 있고…. 그런데 남편이 없는 듯했다. 그래서 앞으로의 삶이 막막했기 때문일까? 아무튼, 병원에서의 자살하는 일이 우리 병실에서 일어났다. 모두 무서워서 화장실도 못 간다. 병실에 죽음의 그림자가 드리우고 있다.

그러나 우리 부부는 그런 일에 조금도 개의치 않았다. 그 사람들에게 사람은 죽을 수 있는 거라는 것을 인식시켜주려고 했다. 그리고 무서워할 이유가 없다는 것을 보여주기 위해 화장실에서 걸레도 빨고 혼자 왔다 갔다 하기도 했다.

그 환자가 있던 자리에는 언제 사람이 죽어나갔느냐는 듯이 새로운 사람이 들어왔다. 그 사람은 암이 재발되어 왔다. 그의 표정과 모습은 너무나도 의기소침해 있다.

믿음이라는 것이 그런 때 필요했다. 신의 존재가 이렇게 귀하게 여겨지는 때도 없었다. 우리는 그들에게 인간의 몸은 오래된 천막과 같은 것이라고 이야기한다. 천막이 오래되면 여기저기 찢어지고, 비도 새고 볼품없어지듯이 인간의 몸도 그렇다고 했다. 그래서 지금 우리의 몸은 관리를 잘못해서 꿰매고 자르고 하는 것이니까, 앞으로 관리 잘하면 좀 더 오래 쓸 수 있으니까 희망을 잃지 말자고 했다.

인간의 두 가지 모습을 본다. 스스로 자포자기하고 체념하는 사람이 있는가 하면 희망을 잃지 않고 열심히 병마와 이기려고 하는 사람들이 있다.

나는 아무리 중병에 걸렸어도 슬픔에 잠긴 모습이 싫다. 그래서 아내에게도 그런 표정을 짓지도 않고 속상한 이야기하지도 않는다. 그냥 보통 때와 같이 이야기한다.

아내는 그냥 웃고 편안하게 하루하루를 보냈다. 덕분에 치료는 잘 되었다. 이제는 미음을 먹고, 죽을 먹고, 밥을 먹게 되었다. 다른 사람들보다 표정이 밝은 것은 남편이라는 기둥이 옆에 있기 때문인 것 같다. 그 남편이 항상 옆에서 근심 걱정 없는 말을 하고 웃기며 편안하게 해주니까, 든든한 마음이 들어서 일 것이다. 여자는 걱정되는 일이 있어도 남편이 '걱정하지 말라'고 하는 말이 위안이 되는 듯했다. 그런 아내가 참으로 고맙다.

아내가 있던 방은 한 방에 여섯 명이 있었는데 환자들이 있는 방 같지 않았다.

때로는 환자들끼리 편 갈라 윷놀이도 하고, 때로는 각자 집에서 만들어 온 음식을 먹으며 이야기꽃을 피우기도 한다. 얼마나 웃고 떠드는지 오고 가는 사람들이 한 번쯤은 기웃거린다. 아마 그들은 속으로 이런 말을 했을 것이다.

"미친것들 언제 죽을지 모르는 것들이 웃음도 나겠다."

그러나 안 죽을지 어떻게 아는가? 사람의 병은 마음먹기에 달렸다. 인간의 생명은 마음에서 주장하는 것이다. '나는 죽게 되었다고 생각하면 죽을 것이고, 나는 이 병에서 이길 수 있다고 생각한다면 이긴다.' 나는 아내에게 그런 마음을 갖도록 하였다. 환자를 환자로 생각하지 않고 나와 같이 건강한 사람으로 똑같이 생각하도록 하였다.

아니 그 방에 있는 모든 사람이 그런 모습과 마음을 가졌으면 좋겠다는 마음이었다.

또한, 아내와 함께 오랜 시간을 병원 생활하면서 느낀 것은 사람에 대한 소중함이다. 아무리 힘이 없고 연약한 존재라 할지라도 옆에 사람이 있는 것과 없는 것의 차이는 엄청나다. 평소에 못마땅한 사이라 해도 있을 때는 힘이 되고 의지가 되는데, 없을 때는 힘을 잃고 모든 일에 의욕이 없다.

사람은 의존적 존재이다. 그래서 자신이 의지하는 것이 눈에, 마음에 느껴지면 안도하는 것 같다. 그것을 표현하는 것이 사랑이라 생각한다.

사랑이라는 것, 그것은 같은 마음을 갖는 것이라고 느꼈다. 상대방이 어떤 마음을 가지고 있고 어떤 생각을 하고 있다는 것을 느끼고 아는 것이다. 상대방이 일어서고 싶어 하는지, 화장실에 가고 싶어 하는지, 물을 먹고 싶어 하는지, 잠이 안 오는지 등등, 어떤 행동의 모습이 무언중에 전달되어 그것을 행할 수 있는 것, 그것이 바로 사랑이 아닌가 싶다.

아내가 어느 정도 기력이 회복되니까 항암 약물치료를 하고 또 방사선 치료를 하였다. 그 모든 과정을 다 이겼다. 아내의 그런 모습이 고맙다. 이제는 집에 가서 통원 치료하면 된다. 통원치료의 프로그램을 가지고 아내는 퇴원을 하였다. 병원 문을 나설 때 병원 노조에서 데모를 하고 있었다.

그 후 5년

따스한 봄볕 햇살에 부는 바람이 시원하다.

봄이라는 친구가 언제 왔는지 성큼 앞으로 다가왔다. 하늘은 푸르고 그 속에 수 놓여 있는 구름의 청결함은 산뜻해지는 느낌을 받는다. 낯익은 주차장에 주차를 하고, 낯익은 계단을 오르고 복도를 지나고, 아는 간호사들과 다정하게 인사를 하며, 산부인과와 외과에 예약증을 넣고 기다린다.

오늘은 암 수술을 마지막으로 한 지가 5년째 되는 해다. 그동안 주기적으로 일주일 동안 계속 오다가, 한 달에 한 번씩 오다가, 3개월에 한 번씩 병원에 오고, 그다음 6개월에 한 번씩 종합 진단을 받았다. 아내는 3년쯤 되었을 때 6개월에 한 번씩 오라는 진단을 받았다. 그리고 2년이 더 흘러 벌써 5년이라는 세월이 흘렀다. 오늘은 정밀검사를 하는 날이다. 아내는 어제저녁부터 금식을 하였다.

접수하고 의자에 앉아 기다리는 동안 아내는 그새 옆의 사람들과 이야기를 한다. 나는 창문 밖으로 밖을 내다보고 있다. 모양이 많이 바뀌었다.

아내와 같이 사이좋게 팔짱 끼고 발맞추어 걷던 주차장의 한쪽에 암 예방검진센터 건물이 지어졌다. 전에는 없던 마을버스도 들어왔다. 많이 변했다. 그런데 변하지 않은 것이 하나 있다. 그것은 아직도 암 환자가 자신의 병력을 판단 받기 위해 초조하게 앉아있는 모습이다.

그들은 궁금한 것이 한둘이 아니다. 그 답변을 지금 아내가 하고 있다.

"어디 수술하셨어요?"

"어땠어요?"

"얼마나 되었어요?"

"완치 확률은 어때요?"

등등 물어보고도 또 다른 사람에게 물어본다.

그 궁금함과 초조함을 어떻게 말로 표현할 수 있을까?

병이 생기는 것은 병이 생길만한 이유가 있다. 그 원인을 제공하지 않아야 병에 안 걸린다. 개인도, 가정도, 회사도, 사회도, 나라도 마찬가지다.

아내는 그전처럼 몸에 좋다고 하는 것을 찾지 않았다. 이젠 잘 먹고 화장실 잘 가는 것이 가장 건강한 것이라 생각하고, 몸이 어느 정도 회복되었을 때부터 구에서 운영하는 여성복지 회관의 수영장을 꾸준히 다닌다. 아침마다 데려다 주고 데려온다. 물론, 나도 헬스장에 가서 헉헉거리며 아내와 같은 시간을 뛰고 있다.

이제는 모든 것이 정상적으로 돌아왔다. 달라진 것이 있다면 음식을 먹으면 얼마 안 있다가 화장실을 가는데 하루에 몇 번씩 간다. 그리고 힘들면 방귀를 정신없이 뀌어댄다는 것. 그리고 체력이 급격히 떨어져 조금이라도 힘든 일을 할 수 없다는 것이다. 스트레스를 받는 일이 생기면 금방 배가 아프고 설사가 난다. 설사가 얼마나 심한지 항문에서 피가 날 정도로 심하다. 그래서 스트레스 안 받도록 서로 조심한다. 그러나 그 정도라도 얼마나 감사한가!

퇴원 후 지금까지 꾸준히 통원하며 치료한 결과 좋은 결과를 얻고 있다. 병원 오는 날은 둘이 데이트(?)하는 날이다. 그 시간이 벌써 5년 정도 흘렀다. 암 수술을 세 번씩이나 하고도 건강하게 사는 여자. 아내를 쳐다보면서 신기한 느낌마저 든다. 그것은 아마 암에 걸릴 수 있다는 평범한 생각을 하고, 고칠 수 있다는 확신을 하고 있기 때문일 것이다.

그런 마음을 갖도록 하는 것은 주님의 인도 하심을 느끼고 있기 때문이다. 아내는 그랬다. 처음 대장암을 수술할 때에도 그 마음에 병원에 가야 한다는 말을 누군가가 계속 귀에다 이야기했다고 한다. 그래서 떠밀리다시피 하여 병원에 갔고 검사결과 대장암으로 발견된 것이다.

대장암은 상당히 진전되어도 모르는 병이다. 그런데 초기에 발견할 수 있었던 것은 주님의 인도 하심이었다. 그리고 내막 암도 그렇다. 이미 앞에 말했듯이 그 마음에 이미 "나는 지금 암에 걸린 것 같아."라고 스스로 고백을 하며 산부인과를 찾았고, 그 결과 역시 암이라는 진단을 받고 입원할 수 있었다. 그리고 세 번째 대장암 수술을 할 때에도 마찬가지다.

이때가 가장 힘들었다. 원인을 몰랐기 때문이다. 그러나 주님은 아내를 통하여 영광 받으시기 위하여 그렇게 인도하셨던 것이다. 그리고 더 이상 와전되기 전에 대장암이라는 진단을 받아 수술했으니 주님의 은혜가 아니고 무엇이랴! 그런 시간이 5년이나 흘렀다.

우리의 앉고 일어서는 것까지 우리의 생각까지도 감찰하시는 주님의 인도 하심이 지금도 계속되고 있는 것이다.

아내는 여러 가지 검사를 하며 지나간다. 심장검사, 폐 검사, 방사선 검사, 시티 검사, 혈액 검사, 장 내시경 검사, 자궁 검사 등등 아침 8시에 접수하여 오후 3시쯤에 끝났다. 아내는 초주검이 되었다. 특히 장 내시경 검사할 때가 가장 힘들었던 것 같다. 그 후유증이 며칠 갔으니까.

그런데 장 내시경 검사에서 용종이 발견되었다. 그리고 그것을 조직검사 했다. 결과는 일주일 있다가 나온다고 한다.

"이게 뭐예요?"

하며 묻는 아내의 표정이 변하는 것을 느꼈다.

"응, 이런 것이 있었다는구만, 이런 것은 누구나 다 있는 건데 별거 아냐."

나도 애써 태연한척했지만 못내 불안함은 숨길 수 없었다.

마지막으로, 채혈실에서 채혈하고 6개월 후에 다시 종합검진을 하기 위해 예약을 하였다. 아내는 채혈실에서 나오면서 손가락으로 그곳을 누르며

"오늘 점심은 무얼 먹지?"

한다. 아직도 병원에 오면 자신이 주사 맞을 때 느끼던 항암 약품 냄새에 비위가 상한다며 자극성 있는 음식을 찾는다.

"글쎄."

하며 나는 구내식당 식단표를 살핀다. 그러자 아내는 옆에서 눈을 흘기고 서 있다. 나는 아내의 그런 모습이 왜 그런지 알면서

"왜?"

우리는 나와서 근처 음식점으로 갔다. 속이 메스껍다는 아내의 속을 달래주기 위해서 맵고 칼칼한 음식을 시켰다.

일주일이 지났다. 용종의 검사결과가 나왔다. 괜찮다고 한다. 그러나 그런 용종을 방치하면 또다시 암이 된다고 하며 정기검진을 빼놓지 말라고 한다.

감사하다. 감사라는 것이 무엇인가? 현실 속에서 이루어지는 일들이 감사하지 않은가? 노력이야 인간이 하는 일이지만, 그 노력의 결과가 아름답게 맺혀지도록 이끄시는 분이 바로 여호와 하나님이라는 사실이 감사하고, 그분의 자녀라는 사실이 또한 감사하다.

직장암을 수술하다- 네 번째 암

마지막 암 수술한 지가 16년이 되었다. 그때부터 삼 개월에 한번, 육 개월에 한번, 지금은 일 년에 한 번씩 정기검진을 한다. 이런 생활을 20여 년을 하고 있다. 오늘도 집에서 아침 일찍 서둘러 나왔다. 병원에 도착하여 미리 예약된 대로 서둘러 접수하고 순서대로 검진을 했다. 대 장내시경을 하면서 분위기는 이상했다. 조직검사를 한다는 것이다. 왜 조직검사를 하지? 병원생활을 오래 하다 보니까 그 분위기라는 것을 느낄 수 있다.

검진을 다하고 황 박사에게 갔다. 이분하고 인연이 된 지가 16년이 되 었다. 지금도 선한 얼굴은 변함이 없는데 이제는 나이 든 모습이 역력 하다. 원자력 병원에 있다가 이곳 건대 병원으로 옮겨오면서 아내가 따 라왔다. 그것은 직접 수술한 사람이 자신의 병에 대해서 정확하게 알 것이라는 생각에서다. 황 박사도 자신이 옮기는 곳으로 따라와준 환자 라서 말 한마디라도 친근하게 해준다. 모니터로 내시경 화면을 보면서

"이게 왜 생겼지?"

하면서도 아내에게는 내색하지 않고

"그전에 항문 수술했잖아요. 그 부위에 또 그런 것이 생겼네."

10년(2004년) 전에 치질수술을 한 적이 있었다. 황 박사는 아내의 병력에 대해서 잘 알고 있기 때문에 조심스러운 말투다.

그 말을 들은 아내는

"암인가요?"

"아직 확실하지 않아요."

"그럼 원발인가요? 재발인가요?"

아내가 원발인지 재발인지를 물은 것은 재발이면 모든 수술비와 입원비를 포함한 병원비를 직접 부담하여야 하고, 새로 생긴 암이라면 병원비를 보험회사에 청구할 수 있기 때문이었다.

"원발이에요. 며칠 있다 오세요. 올 때에는 수술 준비하고 오세요. 암이든 아니든 수술을 해야 돼요. 알았죠?"

하면서 다정하게 웃어준다.

아내는 원 발이라는 말에 조금은 안도하는 것 같았다. 가기 전에 입원 예약을 하면서 6인실로 달라고 부탁을 했다. 통상적으로 처음 입원하면 2인실 정도에서 며칠 입원하고 있다가 4인실이나 6인실로 옮겨주기 때문이다. 그러나 접수받는 직원이 무슨 권한으로 병실을 마음대로 정해주겠는가? 그러나 2인실에 있을 때 나오는 입원비가 부담스러웠기 때문에 답답한 마음에서 한 말이다.

또 하나 답답한 일이 있었다. 그것은 의사 협회에서 파업하기로 정해진 날이 있는데, 만약 파업하면 그 기간이 얼마나 끌고 갈지 모르니까 그 안에 입원하고 수술을 하라는 것이다.

약속한 날 입원 수속을 밟았다. 입원실은 4일 실이다. 6인 실만은 못해도 2인실보다는 부담이 훨씬 적다. 금식이 시작되고 하나하나 수술을 위한 준비가 진행되어 갔다. 수술 당일 아내는 두 번째로 수술했다. 아내가 수술실 안으로 들어간다. 여느 때같이 기도했다. 기도 외에는 할 것이 없었다. 예나 지금이나 수술을 할 때면 초조한 마음 숨길 수가 없다. 수술을 끝내고 아내가 나왔다. 수술은 잘되었다고 한다. 다행히 아내는 개복 수술을 하지 않고 항문으로 수술을 했다. 이것 또한 감사한 일이다. 내심 직장암 수술을 하면 옆구리로 항문을 내는 것 아닌가 하고 걱정을 했는데, 항문 근처이기 때문에 그렇게 하지 않은 것이다.

수술 다음 날 검사하러 가야 한다고 하여 바쁘게 움직였다. 환자를 검사실로 옮기는 남자 간호사가 와서 휠체어에 아내를 앉히고 검사실로 가는데 아내가 아파 죽겠다고 하면서 앉지를 못한다. 식은땀을 흘리며 어쩔 줄을 모른다. 나는 아픈 당사자가 아니니까, 어떻게 해주지 못하고 따라가면서 같이 슬픈 표정을 지을 수밖에 없었다.

검사를 마치고 병실로 와서 보니까 시트에 피가 묻어 있다. 한바탕 난리가 났다. 급하게 간호사들이 뛰어왔다. 항문에서 피가 나니까 주치의에게 알리고 그가 한걸음에 달려와 관찰을 하더니 직장수술을 항문으로 했기 때문에 서로 붙지 못하도록 항문에 쐐기 같은 것으로 꽉 막아두었다는 것이다. 그런데 그것을 깔고 앉았기 때문이란다.

"야!!"

속으로 막 욕을 했다. 얼마나 아팠을까? 그 쐐기를 빼고 상처 난 곳을 치료하고 안정을 취하니까 아픔이 가신 것 같다. 아마 진통제 주사를 왕창 놓았을 것이다.

 개복수술 할 때보다 회복이 빨랐다. 같은 병실에 똑같은 직장암 수술을 하던 여자 분은 염증이 있어서 한 번에 수술이 안 되고 개복하여 염증치료 먼저하고 수술해야 한다며 중환자실에 있는 것을 보았다. 그런데 아내는 그렇지 않았다. 정기적으로 검진받는다는 것의 유익함을 누리는 것이다. 아내는 항상 그랬다. 암 수술 네 번씩이나 해도 그때마다 1기 아니면 2기로 넘어가는 단계에서 발견하고 수술을 하였다. 이번에도 정기검진을 받으면서 알게 된 것이다.

 퇴원하면서 황 박사는 아내를 오랜 시간 관찰을 해왔기 때문에 다정하게 이야기를 한다. 그러면서도 신기한 듯 바라본다. 네 번 암 수술한 여자, 한 번도 빼놓지 않고 검진받으므로 인해 위기를 지혜롭게 넘기는 이 여자를 보면서 기분이 좋은 모양이다.

 "두 달에 한 번씩 와서 검진을 받으세요. 김희○ 씨는 그전에 이미 항암치료도 했고, 방사선 치료도 했기 때문에 다른 치료는 안 됩니다."

 수술은 했지만 병원에서 완치되도록 할 수 있는 방법이 없다고 한다.

 이 말의 뜻은 스스로 잘 관리하라는 뜻이다. 다른 조치를 할 수 없으니까 두 달에 한 번씩 와서 검진을 하고 이상이 있으면 바로 조치를 취해야 한다는 것이다.

아내의 눈물

아내가 울고 있다
그 마음 알 듯하다
말하지 않아도 들려오는
그 소리는 가슴을 닿고
나는 아무 미동도 없이 그 옆에
서 있을 뿐이었다

아내가 울고 있다
마음이 아프다
소리 없이 흐르는 눈물의
의미는 만감이 교차하는
내면의 깊은 오뇌의
서글픔을 대신하는 듯하다

아내가 울고 있다
연약함의 슬픔이 아니다
세상의 세포 공격을 여러 차례 이겨낸
유전자의 우수성에 사인을 하고
전능자 손길을 느끼는
특별한 감사의 모습이다

아내는 자신이 수술을 한 사람이라고 생각하지 않고 평범하게 생활을 하고, 나는 마치 고양이 앞에 쥐처럼 아내의 마음을 상하게 하지 않으려고 무던히도 겸손해하고 있다. 상처는 아물었겠지만 별다른 치료방법이 없다는 말에 어떤 삶을 살아야 재발하지 않고 건강하게 살 수 있을까를 생각하며 여기저기 자료를 찾아보곤 한다. 보험회사에서는 벌써 퇴원한 지가 한 달이 넘어가는데 아직도 실손 치료비를 안 주고 사정사만 보내 이런 조사, 저런 조사만 하고 있다. 아마 재발이나 전이의 조건을 찾는 듯하다.

이익을 목적으로 운영하는 회사니까 아내 같은 고객은 스스로 해약하기를 바라고 신경을 있는 대로 건드리고 있는 듯하다. 그러나 재발이 아니라는 결론으로 어렵게 수술비를 받았다. 사실 아내는 중증환자이기 때문에 실손 비용은 얼마 안 된다. 정부에서 상당히 많이 지원해주기 때문이다. 감사하다.

아내가 암 수술을 네 번씩이나 하고 건강하게 살아있다는 것을 보면서 혹시나 특별한 처방이라도 있는가 하고 궁금해하는 분들이 있을 듯하여 아내의 경우를 몇 자 적도록 하겠다.

암 환자가 건강할 수 있는 처방은 개인마다 다르겠지만, 필자의 경우 아내를 최대한 마음 편하게 해준 것밖에는 없다. 이것이 확실한 치료약이라 믿는다. 스트레스가 면역력을 약화시킨다.

그러므로 특별한 약은 먹지 않고 창자가 짧기 때문에 설사를 달고 산다. 그래서 유산균은 장복하고 있다. 한약은 처음 수술했을 때만 먹었다.

1) 마음 편하게 해준다(예: 집안일 하여야 하는데 하기 싫다고 하면 대신한다).

   걱정되는 일이 있어도 걱정하지 않도록 한다. 사람들이 시골 같은 곳에 가서 공기 맑고 물 좋고, 땅에서 직접 가꾼 채소를 먹으면서 건강해졌다고 하는데, 도시에서도 그렇게 할 수 있다. 도시에서도 마음 편하게 해주면 된다. 필자의 경우 아내가 하고 싶어하는 것도 절대 무리하지 않도록 한다.

2) 음식은 적응할 수 있는 것 중에서 좋은 것을 먹는다(본인이 몸에 맞는지 안 맞는지 안다).

   아무리 좋은 음식이라도 본인이 안 받아들이면 소용없다. 그래서, 먹어봐서 설사 안 하고 더부룩하지 않고, 소화 잘 되는 음식이 있다면 그런 음식을 중심으로 먹는다.

3) 특별히 사 먹은 약은 없다. 아내는 소장, 대장이 짧기 때문에 설사를 달고 산다. 그래서 유산균은 장복하고 있다.

   아내는 장에서 잘 받아주지 못하기 때문에 아무것이나 먹지 못한다. 그래서 몸에서 좋은 반응이 있는 것만 기분 좋게 먹는다.

4) 다른 것보다도 본인의 마음의 자세가 중요하다. 암을 큰 병이지만 큰 병이라고 생각하지 않는다. 마치 감기 정도 걸린 것처럼 편안하게 생각하고 걸릴 수도 있고 나을 수도 있다고 생각하고 마음을 편하게 가진다.

5) 중요한 것은 스킨쉽이다.

스킨쉽은 서로의 피부 접촉으로 인한 교감이 이루어짐으로 치료에 효과적이다. 아내는 암 수술을 여러 번 하다 보니까 임파에 부종이 생겼다. 임파 부종은 관심을 갖고 마사지하는 것이 최선의 치료방법이라고 한다. 아내는 부종이 오른쪽 다리로 왔기 때문에 늘 고무 스타킹을 신고 지낸다. 저녁에는 부은 다리를 필자가 마사지한다. 언젠가 티.브이에서 부종을 제대로 관리하지 않아서 코끼리 다리처럼 된 사람을 보았다. 십수 년이 지난 지금까지 하루도 거르지 않고 마사지를 해준다. 서로의 피부 접촉을 통하여 마음이 안정되는 듯하다. 마사지할 때면 항상 잠이 들곤 한다.

지금 아내에게는 별다른 치료 방법이 없다. 가능하면 스트레스 안 받고 마음 편하게 해주고자 한다. 그러나 모든 것보다도 자기 자신의 변화된 마음이다. 아내는 암 수술받은 것에 대해서 심각하게 받아들이지 않는다는 것이다. 있을 수 있는 일이라고 생각한다.

요즘은 고구마 찐 것을 즐겨 먹더니 바꿔서 감자 찐 것을 즐겨 먹는다. 그 외에 먹고 싶은 것을 기분 좋게 먹는 것이 최고의 약이라 생각한다.

너를 위한 기도

어두움을 밀어내고 그 자리에
기도의 성을 쌓기 위해
매일 밤마다
다지고 북돋는다.

너에게 필요한 것이
무엇인지 몰라
긴긴밤 홀로 자리 잡았지만
한 가지 기도 외에는 하지 못했다.

누군가를 위하여
기도한다는 것은 소중한 것이지만
서로 부딪기며 살아온 삶 속에
진정 필요한 것이 그것일까.

이리저리 돌아봐도
지나온 세월의 흔적 속에
녹록지 못한 삶의 회한悔恨이
미안한 마음으로 남아있다.

영롱하고 아름다움으로
가득 채워진
환한 너의 영혼을
그대로 그렇게 간직하고 싶다.

너와의 약속은 아직 진행 중
내 두뇌 속에 네 이름이 있고
내 눈가에 네 모습이 있어
오늘도 너를 위해 기도한다.